译文纪实

ドキュメント
長期ひきこもりの現場から

石川清

个群体，或者说4种类型。当然，这4个群体之间并不存严密的界线，也有不少人具备多个群体的特性。

① 个性派群体。他们虽然会暂时陷入茧居状态，但是拥一定的改善意愿和危机意识，也能够勉强和普通人打交道。且不论适应状况是否良好，他们有时候也会参加一些社会动，比如就业或上学。我暂且将他们归为“轻度”茧居族。

② 独特群体。他们能够外出，也能和拥有相同经历的人行交流，但是无法持续参与就业等社会活动，不稳定。他们然有改善自己的想法，其执行力却令人抱有疑问。因此他们感到苦恼。相比较而言，由于他们能够主动寻求帮助，所以不少人曾去医疗或福利机构咨询，并接受救治。我认为这属“中度”的茧居族。他们大多经常前往茧居族聚集的地方。

③ 英才群体。他们陷入了严重的茧居状态，几乎无法参工作或上学，不过聊起来之后发现他们还挺有意思。他们几乎不去据点和自救群体的茧居族集会。但是，他们并非有改善意愿，其中也有人去医疗机构或援助机构，接受医的日间护理。不过，他们与普通社会的接触面很小。相比而言，这些人属于“重度”的茧居族。

④ 天才群体。这一群体处于严重的茧居状态，而且几乎接触医疗或福利机构，没接受过援助。有的案例中，不仅们本人，他们的家人也明显陷入了孤立状态，很多情况下们根本没有可以商量的人。但是，如果你试着跨越这层障进行交流的话，就会发现他们是相当厉害的天才群体。他最需要访问援助，然而如果援助者的能力不足的话，有时事情反倒变得更加艰难。我认为他们属于“非常严重”等

DOCUMENT CHOKI HIKIKOMORI NO GENBA KARA

［日］石川清 著　　孙逢明 译

茧居族援助手记

上海译文出版社

引言

如今几乎没有人不知道“茧居族”

我们几乎每天都会在电视、报纸以
族”的字样。

前几天，我在面向普通人的集会上
与会人员举手示意，结果一半以上的人
人、朋友或邻居中有茧居族。

茧居族已经成为广为人知的存在。
茧居族或许跟大家印象中的茧居族有点
大相径庭。

虽说统称为茧居族，其实它的内涵
居族这一个词来囊括所有被视为茧居族

自从我开始接触茧居问题，已经过

我的主要身份是援助者，在援助工
交道时，我将他们大致分为4个群体来
据疾病或症状进行分类，而我负责的
那么细，而且我也没有资格作出诊断
标准的话，工作起来多有不便，为了

了
在

有
姑
活

进
虽
会
有
于

加
也
没
院
较

不
他
周
碍
们
候

级的茧居族。

※※※

所谓“访问援助”，简而言之就是家访。我从2000年前后开始着力进行访问援助。原则上讲，无论是哪种案例的援助，只要我有空就不会拒绝，不过因为我基本没有在网络上做过宣传，人们往往是通过口碑相传来找我咨询，所以我有很多机会接触前面提到的③“重度”和④“非常严重”案例。

当然，我并非总是单枪匹马上阵，根据当事人状态，我也会请各种专家以及其他援助者协助应对。作为援助对象，茧居族的年龄层很宽泛，从十几岁到50多岁都有，平均下来在35岁到40岁左右。相对来说，多数情况下茧居族的年龄偏大，茧居生活已经长期化，当事人本人或者其家人已经咨询过各种医疗机构或援助团体。

在茧居族群体中，有些人处于无法随意走出家门或房门的状态。

这些人无论如何也没办法自行前往援助者集会或者医疗机构。因此，我想通过家访多少改善一下当事人及其家人的苦恼，这便是我的初衷。

最近有个说法叫“外展服务”，我在2000年前后开始家访时，这个说法和概念还没有普及。当时叫“访问援助”或“访问支援”，所以我至今仍沿用这种叫法。

不过，关于访问援助，大约10年前开始就有团体实施过于暴力的访问，屡屡被视为社会问题。受管束的年轻茧居族死亡的事件也发生过数次。话虽如此，医疗制度中也有保安性强制住院和医疗保护性住院（实施过程中也发生过患者死亡的事故）的相关规定，相当于强制医疗，偶尔也会有那种特别严重的案例（例如当事人极有可能会伤害自身或他人），不得不借助这种制度。另外，以前就有这样的案例，光靠家人实在力不从心了，抱着抓住最后一根稻草的想法到各种援助团体求助。

作为我个人来讲，还是认为应该尽量避免以强制手段对待年轻的茧居族，因为这无疑会给当事人的内心造成很深的伤害。不过，事实上对这个问题很难作出硬性规定。

※※※

原本以采访为开端接触茧居族问题，不知从何时起，我已经完全变身为援助者。

如果你问在我看来什么才是对茧居族的援助，我很难用一句话来解释，大概就是尽一切手段帮助茧居的当事人及其家人打起精神，最好能够自立，并靠自己将这样的状态一直维持下去吧。

话说回来，虽说是尽一切手段帮助，毕竟是个人行为，毋庸赘言，这种援助是在力所能及的范围内，自然是有局限的。花费三四年时间实施援助，当事人能够在生活上不依靠父母、独自生活下去的比例，顶多就是五成多一点。当然了，我觉得如果投入更多时间，这一比例还会增加，说句偏激的话，如果身边的援助者有一定的良心和经验，也能够跟专家以及行政部门对接，就算花的时间久一些，当事人好歹也能达到独自生活下去的水准吧。因为今非昔比，援助茧居族的平台也增多了。

有一个关于茧居族的全国性组织，叫全国茧居族亲友会

（KHJ，1999年创建于埼玉县岩槻市）。我也曾在埼玉居住，一个偶然的机会，我从创建初期就参与了援助。现在（2017年初）我每月在埼玉县朝霞市举办的亲友辅导班，也成了“榉树会”（埼玉的茧居族亲友会支部，田口友理惠担任会长）援助茧居族的活动之一。当然还有医疗机构和当事人集会，再加上与其他援助团体以及各界人士的合作与支援，都给我的工作带来了很大帮助。

我无意在本书中描述茧居族的现场详情。我曾接触过状况相当严重的茧居族当事人及其家人，希望通过我的经历，大众能够了解他们面临的苦恼与不安以及实际生活状况。恳请大家不要用过于严苛的目光看待茧居族。

茧居族当事人及其家人心里有各种不安。

经济方面的不安自不必说，很多人陷入了迷茫的漩涡，迷失了生活目标，甚至不知道活着究竟该干什么，如堕五里雾中。

要想打破这种僵局，最终让他们实现自立、有所作为，还是需要周围的人给予关怀和理解，这一点很重要。

因此，如果可以的话，我希望那些迄今为止对茧居族不感兴趣、漠不关心的人更要读一下本书。

另外，本书中出现的茧居族当事人及其家人的名字均为化名，情景也和实际略有不同。关于这一点，请大家谅解。

目　录

第1章

某一天的“茧居族访问援助”记录

2010年6月18日（星期五）

第1家“生活在山里的茧居族”

上午10点·埼玉县秩父地区·敏幸（男·34岁）·茧居经历18年

我的本职工作是现场采访记者，但最近很多时候忙于援助茧居族。

今天我又驾着爱车北上了。我计划从所泽收费站上关越高速，从花园收费站下高速，开往外秩父方向。

时值梅雨季节，天空阴沉沉的。汽车在外秩父外轮山平缓的坡道上飞速行驶着。这是一辆轻型帕杰罗MINI，不仅转弯敏捷，由于是轻型轿车，高速过路费便宜也是它的魅力。因为降低成本很重要。

即便如此，茧居族访问援助还是一件相当累人的工作。

我每个月大概驱车行驶2 000公里。得益于此，我原本蹩脚的驾驶技术也变得很像样了。

每年的家访次数大约有800次。我还经常和年轻的茧居族一起旅行，旅行的时候每天算访问一次，所以单纯的家访次数会略少于800次。后面会提到，除此之外，我每个月会在当地公民馆进行一两次单独咨询或开设亲友辅导班（亲友咨询会）、茧居族当事人的集会（青年集会），接待单独咨询的次数大约为每年200次。

除了埼玉县，访问区域还包括东京、神奈川、千叶、群马、茨城、枥木、山梨，一般是开车或者乘坐电车去。另外，有时候还会去东北、关西、九州、冲绳，甚至到海外。

看到我要访问的那户人家了。

说起茧居族，也许有人会觉得大多在城市里，地方上或者农村很少，其实未必如此。

我最先访问的那家人住在小山坡上的阔叶林中。周围半径500米以内一共只有4户人家，我要访问的那家便在其中，距离邻居家大约有50米吧，四周环绕着灌木丛和杉树林。

小地方或者人口过于稀少的地方会给人带来当地特有的精神压力。邻里之间的交往方式和习惯与城市里不同，如果无法适应，也有可能会成为茧居族。

垂到地板的长发

我从2008年前后，就开始访问敏幸家了。每个月做一两次家访，但是还未能见到他本人。

然而，这一天，奇迹发生了。

按响门铃，进入他家以后，客厅里有一位陌生的男子。

他就是敏幸。

他母亲坐在他身后，一副惴惴不安的神情。

敏幸的头发很长，他身高1米7左右，发梢垂到地板上，估计长度接近2米。

敏幸穿着蓝色运动衫，眼神迷茫，伫立在客厅里的桌子旁边。

“你好，初次见面，我姓石川。”

事发突然，我心中也充满了紧张和惊讶的感觉，几乎要流出激动的泪水，不过还是使出浑身力气强作镇定，跟他打了个招呼。

对茧居族进行访问援助时，这一瞬间可以说是最大的乐趣。

你将体会到一种难以言喻的成就感与感动。话虽如此，实际上这才算站在了起跑线上。

援助茧居族时，最大的难关就是站到起跑线上。

如果此时我无法和对方建立最低限度的信任关系，就再也没机会了。茧居族当事人与人相处的适宜范围极小。如果敏幸感觉不到一星半点的效果与期望，估计他又会把自己关在房间里吧。即使我再来访问，他也再不会露面了。实际上，我有过几次这样的失败经历。在有些案例中，虽然见了一面，第二次见面却是1年或2年后。

当然也有根本见不到人的情况。越是长期处于严重茧居状态的人，越是不肯露面，挡在他们面前的那堵墙，高得令人绝望。

其中有的人本人也很清楚“单凭自身的力量无济于

事”，可是无法控制自己，于是垒砌一堵墙，将自己关在壳里。因此，身边的家人和援助者此时不由得心中暗自愤怒或叹息：“太任性了！”然而，一旦他察觉到周围人的愤怒，心中的痛苦和孤独反倒会加倍。茧居族当事人的感情非常细腻，敏感到令人吃惊。有人指出：“茧居说到底是自己的责任。”但是，这种说法是错误的。

很多茧居族当事人明知道会对自己的生活和人生带来重大障碍，却无可奈何地坠入孤独的陷阱，处于无法抗拒的境地。结果只能亲手将自己人生的可能性逐个堵塞住。从这个意义上说，可以将它视为自己无法控制的某种疾病或障碍、症状。与此同时，很多当事人乃至其家人都极端恐惧被贴上这种标签。因为世人的白眼是一种威胁。因此，无数人躲进壳里，至今走不出来。我认为还是需要社会伸出援助之手，周围的人给予理解和关怀。

敏幸虽然有些扭扭捏捏，还是小声回了一句“你好”。我很高兴。

我与敏幸隔着桌子相对而坐，聊了很多。当天好像聊了3个多小时。超过了预计时间，多少会影响下一步安排，不过我更害怕错失眼前的机会。

为何成了茧居族？

敏幸升入高中以后，很快便陷入茧居状态。初中毕业之前，相对来说，他属于那种老实胆怯的类型。成绩排在“中等中间”，属于不太显眼的存在。因此，他决心在高中展示自己的冲劲儿，令人刮目相看。他朋友不多，但也并非没有。

然而，这场高中翻身仗打得并不顺利。反倒是原地打转，无法融入班级了。话虽如此，他本来也不是品行差的学生，也不可能跟那些人混熟。第一学期过了一半，他就陷入了严重的孤立状态，两头无着落。

于是，他一下子就失去了上学的意愿，陷入了逃学状态。

很多成年茧居族初中或高中时经常逃学，之后也一直延续这种状态，于是最后陷入茧居状态，这种案例有很多。不过，敏幸并没有无所事事地待在家里。他考取了驾照，曾做过送货司机的助手。与同学相比，他还赚了一些钱，也交过女朋友。

不过，工作和恋爱关系都没有持续长久。一般也就坚持3个月到半年左右。

于是，闷闷不乐地待在房间里的时间逐渐增多了。正式开始茧居时，他即将年满20岁。

即使在旁人看来，他已经陷入了茧居状态，他本人却丝毫没有这种意识。谈及当时的状况，敏幸说道：

“我那时候觉得早晚会轻易找到工作，交到女朋友……”

到了22岁时，敏幸终于开始焦急了。自己一事无成，令他感到焦躁不安。同学们马上就要大学毕业，开始找工作了……他感觉只有自己被落下了。母亲安慰他说“没那回事呀”，这声音反倒令他无比厌烦。于是，他不知不觉地把气撒在离自己最近的母亲身上。

最近，敏幸被父母强拉着去心理治疗内科接受诊治。

回顾当时的场景，他说道：

“在门诊室面对医生的时候，我尽量装出一副若无其事的样子。回答医生的提问也很清晰，我还断言说‘现在只是暂时状态不好’。为了不被当成精神病，我拼尽了全力。你问我怎么看待父母把我带到医院这件事？那肯定生气啦。我问他们‘为什么不相信我？’，‘就这么想把我当病人吗？’”

医生说“也不是什么疾病”，不过，“如果需要的话，给你开点儿心情变好的药吧？”他拒绝了服药。

“现在想来，也许他是想给我开抗抑郁药之类的药物，我当时想，如果吃了那种药，自己就完蛋了。”

其实敏幸没能想出自己成为茧居族的明确原因或理由。不过，他有无法随意外出的理由。因为他特别在意自己后脑勺的形状。后脑勺太平，他很不满意。我作为旁人来看，几乎注意不到，不过这么一说的话，确实感觉他的后脑勺表面有点平。敏幸对后脑勺的形状在意得不得了，这种感觉始终支配着他的大部分想法。所以他一直不肯剪头发，就是想遮掩头的形状。

敏幸几乎每天都要泡澡，也会洗头，但是不肯剪头发，于是头发留了将近10年。反正也不出门，也不会见到别人，因此对于头发长长这件事本身，他并不是很在意。

和敏幸初次见面那天，没能聊这么深入的话题。首先必须建立信任关系，我个人也想从多方面了解敏幸。另一方面，敏幸自然也想知道我是什么样的人，他有些不安。

我决定努力和他谈天说地，尽可能缓解他的紧张情绪。

当天的话题是关于敏幸的梦想。他很喜欢德国的前卫音乐，通过网络或网购，收集了很多CD。他说等状态好了，想去德国留学，熟练使用制图用的CAD软件，一举成名。我记得我也知无不言，谈到了德国的艺术、政治经济和历史，聊了长达3个小时的德国话题。

我有一个习惯，原则上每天都要尽量浏览一遍普通报纸和体育报的所有报道。得益于此，我掌握了很多广而不精的杂七杂八的知识，在各种场景下发挥着作用。

幸好，敏幸似乎也有些畅快，对我说“下周还想见面”。我跟他约好下周再见，就离开了他家。

后来，我问他那天为什么肯和我见面，他回答道：

“我早就知道石头先生（我的绰号）来我家的事。你经常给我写信，我也听过你和我父母在客厅里的交谈。一开始我也不愿意见面，不过，你看上去不像医生，我在房间里听到你总是聊各种话题，比如外国的事情、社会上的事情，我就觉得你看上去不像是那种坚持要我去医院的人。我觉得你会倾听我的各种烦恼，所以之前就想和你聊一聊了。不过，我以为自己只是稍微犹豫了一下呢，突然意识到已经过了快1年了，吓了我一跳……”

第2家“愁哭心理咨询师”

下午3点·东京都西部·阿优（男·40岁）·茧居经历21年

最近，我习惯和阿优在外面的咖啡厅见面。不久前一直是做家访，后来他能出门了，就决定在外面见面，也算是一种社会学习。

阿优中等身材，不胖不瘦，肤色白皙，面容清秀，也很聪明，乍一看似乎没有任何心结。但是，实际上可以这么说，他对自己的长相、智力、心理都有一种自卑感。他属于那种关键时刻掉链子的类型，例如考驾照时，他已经顺利通过了路考，最后笔试时因为过于紧张，无法正常参加考试，没能拿到驾照（关于驾照，其实有很多人在最后的笔试中受挫，陷入了茧居状态。并非他们学习能力差，大多是由于紧张和恐慌）。高考也是如此。

不过，20多岁时，他还有上进心，也想尽力改善，他考上了空中大学[①]，拿到了学士学位。为了解决自己的心理问题，他还考取了注册心理师以及职场咨询师等资格证书（在我接受咨询的年轻茧居族中，有七八人持有职场咨询师等心理相关的资格证书）。他这样说道：

“我想通过学习心理知识，来解决自己的问题。读大学的时候我也修了心理学专业。我还去知名医院接受过治疗，也接受过心理辅导。可是，没什么用。我一下子就明白了医生或咨询师接下来会说什么。我想‘这个人在勉强自己倾听，他只是在诊断我不定陈述综合征的发展程度’。这样一来，感觉一下子看透了自己的前途，失去了干劲儿……”

从30岁左右开始，他几乎就闭门不出了。只是父母都已经退休了，不知道他这样下去的话该怎么办。一个偶然的机会，阿优的父母听了我的演讲，主动联系了我，我这

---

① 利用广播、电视、网络等多元传播媒体进行授课的远程高等教育机构。[本书注释皆为译注]

才认识了他。最初几个月他根本不见我，后来他说："石头先生和别人不同，一开始闲聊很多有意思的事情，几乎没有谈过心理相关的话题，也许我是喜欢你这一点吧。"

由于空白期很长，咖啡厅自不必说，就连在家庭餐馆和快餐店，他都有些无所适从。点餐方法、结账方式，这些看似轻而易举的事，对于一无所知的人来说，很难一下子利利落落地完成。对长期茧居的人来说，在附近车站前喝杯茶的感觉，就像普通人独自来到语言不通的陌生国度，进入当地店铺一般。

他说即使能出门了，也很难一个人到店里去。所以我特意选择在咖啡厅或家庭餐馆见面（当然了，谈严肃的话题时，还是会在他家里或者去有单间的店里）。

今天聊的内容中，有件事让我有点儿担心，那就是阿优父亲的身体状况。他说父亲70岁了，退休后一直待在家里，最近整天喝酒，三番四次责备阿优和他母亲，让他们很头疼。对于儿子的长期茧居，他责怪道："懒鬼！"阿优有时候也会勃然大怒，反驳说："都怪你养育方式不对才会这样的！"

这样一来，不仅要照顾他本人，或许还要照顾到他父母的精神压力。

第3家"隔着门喊话"

下午5点半·东京都西部·阿正（男·24岁）·茧居经历8年

阿正家是两层小楼，他住在2楼最里面的房间，闭门不出。2005年开始，我每个月坚持一到两次家访，不过还从来没见到过他。

我访问时也并非有信心可以在短期内有所改善。不过，即使见不到他本人，也可以调整他家人的心理状态和生活环境，让他有安全感，让他感到舒心。

阿正大约从16岁开始正式进入茧居状态。由于父亲的工作关系，他频繁转学，读小学和中学时没能交到好朋友。父母给他的游戏机和电脑，便是最大的心灵慰藉。

中学时动不动就请假，虽然升入了高中，他却在开学典礼之后因为感冒缺席了一周。后来阿正说道：

"一周以后我去了高中，大家似乎已经形成了各自的圈子，我哪个圈子都进不去了。于是课间休息和班会逐渐变得令我痛苦。我突然意识到，在黄金周之前自己就不去上学了，以后再也没有去过学校，就被勒令退学了……"

一开始自然还是有去读高中的想法，但是去读高中这事让他变得越来越痛苦。

"我觉得自己的人生已经陷入了僵局……"

我到了阿正家，先在客厅跟他母亲聊了一会儿，然后来到2楼阿正的房门前，隔着门天南海北地扯了半个小时左右，讲到了去国外旅行的事、自己近来的情况、最近热议的话题等。他没有任何回应。

说完以后，我将装在信封里的信放在了他门口。最初3年时间，我写的信他似乎根本没读，一直被搁置在那里。不过最近我对阿正"喊话"结束后，来到楼下，据说他很快就把信拿进去了。他似乎没有扔掉，而是读过了。这也算是一点点安慰吧。

从他的状况来看，有可能属于危重案例，所以我也曾劝他去医疗机构或保健站咨询。但是，他父母对此有些犹豫，最终固执地拒绝了。我记得当时他母亲这样说道：

“自从他开始茧居，就没出过家门半步。不过，如果只有我在家，他偶尔会陪我一起吃早餐，每天也会泡澡。您说交谈吗？很遗憾，我们问他话的时候，他要么选择无视，要么只是点头或摇头。偶尔会小声说‘嗯’。我们也曾经提议过几次去医院，可是之后听到他咚咚地敲打房间的地板或墙壁，好像是强烈抗拒。虽说是他的父母，但我们也没想过硬要带他去医院……”

第4家“一紧张就会……”

晚上8点·神奈川县S市·阿守（男·35岁）·茧居经历13年

到达阿守家时已经晚上8点多了，周围一片漆黑。

阿守也基本上无法离开家。不过，据说他成功地半夜到附近的自动售货机买了一罐果汁。

阿守高中毕业后，曾断断续续地打了1年零工。但之后就经常闷闷不乐地待在家里了。

阿守就读的学校曾有10多人考上东京大学。中学毕业之前，他成绩很好，在班里也名列前茅。但是，进入高中以后，成绩一直上不去。

阿守本来就是那种怯懦、不敢冒险的性格。高考时，他考上了一所用来保底的私立大学，但是没去报到。原因是学校离家有点远，上学单程要花2小时左右。阿守后来这样说道：

“说实话，我是害怕读大学这件事本身。无论是学习还是其他事情，如果有人命令我，告诉我怎么做，我勉强能够做到。可是，进了大学以后，不会有人给我课程表，必须自己动脑思考。这让我非常不安，不知如何是好。而且，我高中时也没有加入社团，又是男子学校，也不知道该怎样和女同学打交道。因为大家都选经济学系，听说有利于就业，所以我就报考了，可是我对经济根本不感兴趣，也没有学习的欲望。不知道在大学里该干什么，我当时很害怕……”

小时候，父母曾对阿守说“可不能从事体力工作呀”，不知为何，这句话一直回荡在他的耳畔。他总是警告自己：“为了不干体力活，就得考上好大学，进入好公司工作。”他被小时候父母的那句话紧紧束缚住了，勉强自己参加了高考。

阿守考驾照时也遭遇了失败。驾驶技能考试已经通过了，理论考试却考砸了。考了两次都没过，内心很受打击。自从升入高中后丧失了自信，无论做什么事，他都很容易在考试等关键时刻受挫。

阿守复读了3年，想考早稻田和庆应那种层次的大学，没考上。于是他放弃了高考，开始在送货公司打工。但是，打工1年后，突然辞职了。

“事已至此，我想成为正式员工，安心工作。所以我干得很卖力。可是没用，他们说很难作为正式员工录用我。

于是，我觉得自己这辈子算完了，慢慢地泄气了。”

之后他就开始了茧居生活。

我开始访问之后，已经快过了1年了。最初几个月他不肯见我，不过没多久他就能够和我面对面交谈了。他虽然基本上闭门不出，不过会和家人交谈，也能通过网络了解社会上的各种信息。

今天我们两个人单独在客厅聊了接近2小时。虽然他一直待在家里，却喜欢旅行的话题，他说最近在看国外航空公司的空姐照片，被治愈了。他说尤其喜欢以马来西亚为据点、在亚洲各地有航线的LCC（低成本航空公司）“亚洲航空”的制服。我经常前往东南亚，也曾多次乘坐亚航。我和他畅谈了一会儿亚洲的LCC。

第5家“我想换个姓氏”

晚上11点 · 东京都东部 · 五郎（男 · 30岁）· 茧居经历10年

到五郎家时，已经是夜里11点了。按照普通人的想法，可能会觉得这次家访时间很晚。但是，要想和五郎见面，必须等到晚上10点以后。

五郎陷入茧居状态大约10年时间，在家里从来不在父母面前露脸，也根本不交谈。父母睡着之前，他无法自由活动。晚上10点到早上4点左右，是五郎的活动时间。这个时间段，他能够外出。最近有很多24小时营业的店铺，所以需要的东西基本都能买到。附近店里没有的东西就从网上购买，白天让父母收货。

父母都是公务员，可以说是刻板的职业，小时候对他要求很严。五郎认为自己之所以变成茧居状态，是因为父母的教育方式不对。无论什么事他们都想做得完美，五郎十分讨厌这样的父母。

在茧居族当中，有不少人对父母怀有强烈的怒气和怨恨。有的人生气是有根据的，而有的人怎么看都像是在胡乱撒气。不过，有的人目睹了自己的人生正在逐渐崩塌，如果不将责任转嫁给他人，就无法保持自己内心的平衡状态。转嫁责任绝不是好事，却也有情非得已的一面。光是单纯地否定这种心理的话，就很难继续援助工作。当然了，为了应付一时，简单地加以肯定也是个问题。

总之，我和五郎约定的时间是他父母睡着之后的晚上11点。尤其是访问初期阶段，有的案例也需要配合当事人的情况。我跟五郎约好了在他家附近的家庭餐馆见面。

其实，是五郎的父母主动联系我，我才开始去他家访问的。五郎很讨厌他的父母，却为何肯与我交谈呢？关于这一点，五郎这样解释道：

“说实话，我也不太明白。不过，你连续几个月来我家访问，我什么话都不说，你却在写给我的信里说我可能对自己的父母有愤怒的情绪。所以，我总觉得你应该会理解我。”

此时距离我跟五郎首次交谈还没过多久。他首先找我咨询的是这件事：

“我可以把自己的姓氏换成和父母不一样的吗？户籍也想和他们完全分开。我想和他们决裂。”

我们在深夜的家庭餐馆继续聊这件事。我对他说，虽然更换姓氏不容易，不过分开户籍并不难，改名字也很简单。

大约2年以后，五郎离开了家，开始一个人生活。

漫长的一天访问就这样结束了，我回到家时，已经凌晨2点多。

今天访问了5家，平均算下来，我大约每天访问3到4家。最多的时候也曾一天访问7家。

什么是茧居族?

在厚生劳动省2010年编写的《茧居族新指导方针》中，对茧居族定义如下：

“这是一个表示现象的概念，指的是由于各种各样的原因，逃避参加社会活动（包含义务教育的上学，包含非正式职位的就业，家庭之外的交际等）、原则上6个月以上基本待在家里（包括不与他人交往的外出）的状态。

“另外，值得注意的是，原则上讲，茧居族是一种与精神分裂症阳性或阴性症状造成的茧居状态截然不同的非精神病性现象，但是实际上很可能包含确诊之前的精神分裂症病人。”

我将其简明扼要地整理如下：

① 不去上学，也不打工或工作，和家人以外的人没有交集。

② 这种状态持续6个月以上。

③ 本不包含精神分裂症患者，实际上有时候包含患有

精神分裂症的病人。

20世纪60年代，孩子们到了城市里，随着小家庭的增加，独自留守在乡下自己家中的老人们成了社会问题，茧居族原本是因此而诞生的词语。但是现在该词却主要用于年轻人了，这是20世纪末出现的说法，或者可以说是一种概念、问题。从90年代后半期开始，长年闭门不出的年轻人逐渐受到了人们的关注。

所谓“茧居族”，并不是表示病名或症状的词语，而是表示状态的词语。因此，有时候会包含各种各样的案例。

茧居族群体的实际情况是复杂多样的。既有与众不同的天才类型或艺术家类型，也有无法抑制自己想说的话或者情绪、心直口快的人。估计也有单纯地任性或懒惰的人吧。也有因为饱受欺凌而痛苦不堪的人，他们的内心被伤害得千疮百孔。也有人只是因为青春期的烦恼或者患上不定陈述综合征，情绪不稳定而已。可能也有人患有抑郁症或精神分裂症等疾病，还有人性格偏离，有很强的发展障碍倾向，有的人有性格障碍①，无法与他人好好相处。总而言之，茧居族的症状或障碍可以说是“千奇百怪”。茧居族群体“千人千面”。

有的人不肯外出，也不接受医疗机构的诊断，一直固执地待在家里，这种情况下，除了家人之外，一般最先接

① 即personality disorder，中文一般译为“人格障碍”。日语过去将其写作“人格障害”，近年来多使用“personality”的音译，写作“パーソナリティ障害”，后文有详细介绍。本书根据文意，将其译作“性格障碍”。

触的便是来家里访问的援助者。当然了，我们会事先向其家人打听一下他们的状态，但是有些事要实际去见面接触一下才会明白。

因此，访问援助工作是很有意思的。

日本有多少茧居族？

在日本，被视为“茧居族”的人有多少呢？

最为常用的数据来源于内阁府在2010年2月实施的《关于年轻人意识的调查（关于茧居族的摸底调查）》。在这次调查中，根据茧居族的生活状态，将其分为“狭义的茧居族”和“准茧居族”。

调查对象的年龄限制在15岁到39岁之间，不包含15岁以下不上学的群体和40岁以上年龄大的茧居族群体。以5 000人为对象展开调查，收到了3 287份回答。2009年的人口估算数据中，15岁到39岁的人口约为3 880万人，将问卷的有效回答率套用在这个数字上，推导出来茧居族的人数。

“狭义的茧居族”又分为三种：“平时待在家，会去附近的便利店”“会从自己房间走出来，但是不离开家”“基本待在自己房间里”。关于“狭义的茧居族”的调查结果如下：

“平时待在家，会去附近的便利店”，约15.3万人（约占狭义的茧居族的65%）

“会从自己房间走出来，但是不离开家”，约3.5万

人（同上，占比约15%）

“基本待在自己房间里”，约4.7万人（同上，占比约20%）

“狭义的茧居族”合计，约23.6万人

另外，将“准茧居族”定义为“平时待在家里，只有做跟自己兴趣相关的事时外出”，其数量约为46万人。

将“狭义的茧居族”和“准茧居族”合计起来，“广义的茧居族”人数约为69.6万人。

除此之外，还有四个设问：“我能理解那些关在家里或者自己房间里不肯外出的人们的心情”“我有时候也想把自己关在家里或者自己房间里”“一有让自己讨厌的事，我就不想外出”“我认为如果事出有因，关在家里或者自己房间里也是情有可原的”。除去69.6万人的“茧居族群体”，将四问全都回答“是”的人和三问回答“是”且剩下的一问回答“相对来说是”的人合起来，定义为“茧居族兼容群（容易成为茧居族的人群）”。据说茧居族兼容群的推算人数多达155万人。

将“茧居族群体”与“茧居族兼容群”合起来，竟然多达224.6万人。这样算来，全体国民中每100人里就有大约2人，可以说是相当庞大的数量。

而且，我所援助或者接受咨询的人加起来大概有100人，其中有很多人没有去医疗机构就诊或者去官方机构咨询，不包含在内阁府和厚生劳动省调查对象中的人多达50人，大约占一半。我援助的群体大多属于茧居族本人及其家人孤立无援的状态日益严重的案例，所以这方面必须考虑在内。也就是说，陷入严重茧居状态的人很难体现在统计数字上，因为茧居问题而苦恼的个人及其家人的实际数量可能比统计数字大得多。

顺便说一下，根据文部科学省实施的2015年度《学校摸底调查》，15岁以下的小学生与中学生合计约为1 000.8万人，比上一年度减少了9.6万人，刷新了历史最低数字。其中，不上学的小学生为2.6万人，中学生为9.7万人，合计约为12.3万人，比上一年度增加了4 000人。

学生总数在减少，不上学的人数却在增加，也许未必说明不上学或茧居者的总数不存在减少趋势，也可以认为是隐藏的数字直到最近才浮出水面。但是，无论是哪种情况，都是很严重的问题。

将“茧居族群体”、“茧居族兼容群”、不上学的人数（这一数字是2015年度的数据）加起来，就成为大约237万人的庞大数字。

不过，15岁到39岁的无业青年（基本接近啃老族）的人数以2012年为一个峰值，之后略有减少。其中一个原因在于，雷曼事件[①]以来大幅低迷的商业和就业单位等经济环境已有所好转。不过，并非所有茧居族的情况都得到了改善。虽然症状或状态较轻的人随着经济复苏而就业的例子有很多，但是在我看来，那些严重的案例（长期化、老龄化的案例）反倒在恶化。

---

① 美国第四大投资银行雷曼兄弟公司破产所引发的世界性金融危机事件。

而且，超过40岁的逐渐老去的茧居族人数并不包含在内。随着年龄的增长，改善率自然越来越低。没有被统计网罗在内的也大有人在。考虑到诸般状况，茧居族的实际人数至少比这些数字更大，可以说现在的状况极为严峻。

话虽如此，也不必过于悲观。最近逐渐有些年过40的茧居族从严重状态中走出来，或就业或结婚，这是因为援助技能和医疗技术也在进步。

"心病"与茧居族的关系

有些疾病或障碍容易让人陷入茧居状态。已经有众多资料和书籍介绍了大量疾病、症状以及障碍相关的话题，故在此仅希望大家充分了解最低限度的知识。

在日本的精神医疗领域，医生都是依据美国精神医学学会于2013年编写的《DSM–5》(《精神障碍诊断与统计手册（第5版）》）作出诊断的。我参照《DSM–5》简单作出以下说明。

• 精神分裂症：会出现妄想、幻觉，思维凌乱、运动和行为极为散乱。阴性症状的话，情感会变得淡漠，或者缺乏意志。一般会服用精神活性药物进行治疗。如果诊断病名中包含精神分裂症或双相障碍（躁郁症），可以获得精神障碍补助（2级的话，金额与国民养老金差不多）。

• 双相障碍：指躁郁症。分为Ⅰ型、Ⅱ型、环性心境障碍以及其他各种相关障碍。患者情绪不稳定，可能会造成就业等方面的困难。有时候很难与抑郁症或精神分裂症鉴别开。

• 抑郁症：在《DSM-5》中被称为抑郁障碍群，除了抑郁症之外，还有更为慢性形态的抑郁障碍以及心境失调障碍等。一般会服用抗抑郁药进行治疗。仅是抑郁症的话，很难获得精神障碍补助。

• 焦虑症：伴随过度担忧和恐惧的行动障碍。恐惧是对现实中迫近的威胁作出的反应，而担忧是指对将来的威胁所作的预测。也包含一部分惊恐发作。无法离开依恋的人或物的分离焦虑症、在特定情况下拒绝说话的选择性缄默症、很难与人交往的社交恐惧症等也包含在其中。

• 强迫症：有强迫观念，如一直在意自己的姿容相貌、一直厌恶细微的声响或震动；有强迫动作，如反复洗手、反复确认是否锁门、因无法丢弃东西而将其囤积。

• 创伤后心理压力紧张综合征：包括因受到巨大打击身心出现障碍的PTSD（创伤后应激障碍）、幼儿时期未能充分获得舒适感或关爱引起的反应性依恋障碍、无法适应环境或文化的适应障碍等。

• 解离症：症状有丧失现实感、感觉似乎脱离了自己的精神或肉体，可引发记忆的断片，绝非是普通的忘事。

• 物质相关性障碍：在与茧居族打交道时偶尔会见到药物中毒或药物依赖引起的茧居状态。依赖精神活性药物或抗抑郁药，大量摄取多种药物，有时候会因为副作用给生活带来很大麻烦。

• 发展障碍：包括自闭症、ADHD（注意缺陷与多动症，坐不住、好动）、LD（学习障碍，识字困难或在获取某种特定技能方面有困难）、阿斯伯格综合征、抽动障碍等。也有如下症状：没有眼力见、无法读懂别人的心情、只能按照自己的心情做出行动、多愁善感、异常执着。有人说病因是脑部功能障碍，但是关于确切原因尚无定论（详情后面会介绍）。

• 性格障碍：很多陷入茧居状态的年轻人因性格障碍有不同程度的苦恼。它的种类复杂多样，例如性格、行为、思维等方面存在偏离，不灵活，会引发长期的痛苦（痛不欲生）和障碍。另外，有些类型的患者无法相信他人，总是不信任、乱猜疑。也有人无视或侵犯他人的权利。还有极端的完美主义者。人际关系和情感方面大多存在明显波动（详情后面会介绍）。

如果患有以上疾病或症状，很容易陷入严重的茧居状态，希望大家注意。另外，有很多案例不仅限于一种疾病或症状，而是并发多种疾病或症状。这种情况下，很难作出诊断，应当尽可能请有经验的专家仔细检查、诊断。

当判明存在症状时，重要的是先去医疗机构接受治疗，以期治愈。如果此时症状或障碍无法改善，茧居期可能会长达10年、20年，陷入长期化状态。

一线医生指出，一般来说，长期茧居族当中有三分之一的人患有某种精神疾病，三分之一的人有某种发展障碍，还有三分之一的人存在很强的性格障碍倾向。

最近老龄化的长期茧居族案例在增多。这种情况下，不得不面临的重大问题是对不远的将来的经济方面的担忧。当事人的父母有一天会退休、会去世，为了到时候能领到障碍补助作为生活来源，当事人就必须拿到“精神分裂症”或“双相障碍”的诊断之一，这是必要条件。

在一些模棱两可的案例中，无法明确判断是何种疾病或症状，很多人无论如何都想得到障碍补助，就请医生诊断为“精神分裂症”或“双相障碍”。心理没有形态。很多情况下，根据症状可以赋予各种病名。所以，对心理的疾病或症状未必可以作出明确的诊断或分类，有时候可能会考虑患者当时的情况，为其诊断时冠上严重的病名。

如果不根据情况完善制度，就难免会发生这种复杂的事态。

发展障碍的发病率高

关于发展障碍，我们逐渐弄清了很多事实。当初（2000年前后）有人说，原因在于脑部的功能障碍，几乎不会改善。也有人说，3岁之前做检查的话，能查出来。

但是，据说最近开发出了有效治疗发展障碍的药物。另外，长时间与患有发展障碍的年轻人打交道的话，就会发现他们中有不少症状或障碍大幅度改善的案例。

长大成人后陷入茧居状态，终于肯去医疗机构接受诊治了，却被诊断为发展障碍。我认为在这些案例中，说不定有的人是因为从幼儿期到少年、青年时期没有经历本来成长所需的事情，结果长大以后就出现了类似发展障碍的症状或倾向。例如，读小学的时候没有和朋友在室外玩耍、总是被逼着去培训班学习才艺或复习备考的孩子，成长过程中没有用绳结和小刀制作手工的孩子，没有机会接触异性、人际关系被限制的孩子，拿着父母给买的游戏机、只在数码世界中玩耍的孩子。长大以后陷入长期茧居状态的大多数人，都明显度过了失去平衡的少年期、青年期。

不过，同样度过了失去平衡的孩提时代的人中，既有人安然无恙地长大，也有人会陷入严重的茧居状态。为什么会产生这种差异呢？

仔细探究一下，就会发现积累了一定程度经验的人，似乎对社会的关注度和对他人的感受性都比较发达。反过来说，这方面疏忽的话，日后就会在成长发育方面出现某些问题。

这样一来，要想使因发展障碍而苦恼的年轻人的状况得到改善，关键在于让他们学习丰富多样的价值和知识，通过学习、积累各种各样的经验，哪怕是长大以后通过体验别人的经历，也许能够帮助他们逐步改善，过上更为健康、幸福的人生。

在访问援助工作中，重要的是平等看待对方，无论他是什么样的人。嘴上说说很容易，一旦实践起来还是相当难的。这需要了解一定程度的医疗、心理、教育相关的信息，但是不能被其束缚住。短时间内根据直觉随意将访问对象分类、诊断的做法很不礼貌，而且容易出错。

比起专业知识来，如果援助方了解享受人生的方式、对社会和他人的多角度看法，反倒会更有用。

我想通过帮助他们积累丰富多样的价值和知识、多姿多彩的体验，成为他们脱离茧居走向自立的一种支撑力。

青年期的纠葛与性格障碍

“性格障碍”不久前被称为“人格障碍”。

不过，人格障碍这个词给人感觉过于犀利，会让普通人产生误解，所以最近很多情况下被称为性格障碍。

我们把大约10岁到25岁之间称为青年期，这期间的目标是积累一定的知识和经验，最终确立独立的自我，同时承担社会角色。如果能够“一定程度上”实现这个目标，就可以到达成人期（大人）。一般认为，我们无需度过完美的青年期，基本确保独立性、基本确立独特的自我、承担普通的社会角色、能感受到相应的喜悦，这就够了。

这个青年期是从孩子变为大人的“过渡期”，身心以及环境的变化非常显著，无论谁的内心都会有巨大的纠葛。“一定程度上”完成青年期的目标，来到成人期的话，这种巨大的纠葛一般会被中和，不会浮现在表面，也就是被隐藏在内心深处。一般来说能顺利适应大人的生活。

然而，一旦面临冲击性事件，体会到巨大的挫折感，原本隐藏在内心深处的“纠葛”将会浮现于表面。这样一来，人的内心很容易会被扳回到青年期那种痛苦的纠葛状态。

一旦陷入茧居状态，人就会受到巨大的冲击。这一冲击足以将内心扳回到“青年期的纠葛状态”。于是，当事人从年龄上看完全长成大人了，却被不成熟的性格倾向逐渐支配。这种性格状态（性格倾向）的偏离变得严重，而且持续下去（持续茧居）的话，就会转变为可以称之为性格障碍的状况。此时，患者终于意识到，已经很难继续普通的日常生活了。

这里希望大家注意，陷入这种状态后，即使身边的家人朋友终于察觉此事，有时患者本人还是会迟迟不肯正视自己。他们不想承认自身的问题。于是，家中乱成一团。周围的人都被卷入患者的性格偏离，东奔西走、无所适从。

容易茧居的“性格障碍”是什么？

那么，让患者及其周围的人陷入混乱状态的性格障碍具体有哪些表现呢？

我想以内阁府于2011年出版的《茧居族援助者读本》为参考，介绍几种跟茧居族关联较深的性格障碍。它的倾向绝不止一个。有不少人兼具多种性格障碍的倾向。

• 回避型：具有极度害怕出丑或被他人批评、躲在家中、避免做事的倾向。这部分人非常在意体面，给自己的生活带来了障碍。

• 依赖型：什么事都依赖他人，将自己绝不负责的姿态贯彻到底。其中有些人明明是自己主动请求别人指示或指导，但是当事情进行不顺利的时候，就会怨恨、攻击那些给自己指示或指导的人。

• 强迫型：有追求完美、过分在意细节、迂腐僵化的倾向。如果物品没有总是放在指定的位置，或者没有遵守确定的日程或顺序的话，这部分人将会无法忍受。

• 被动攻击型：有的孩子无论怎样努力都得不到大人的认可，总是被指手画脚，于是产生了“既然如此，我就啥都不干了”的想法，开始不听从指挥，存在心怀“怒气”的倾向。茧居族则会主动放弃有意义的活动，放弃努力，一直待在家里。乍一看，他们似乎自己放弃了自己的机会，自己在毁坏自己的人生和生活环境。也有人兼有依赖型倾向，执迷不悟地一口咬定“我变成这样都是父母的错”，生活所需的一切东西，包括金钱和物品，都要依靠父母。

• 自恋型：认为“自己很厉害”“自己很特别”的倾向非常明显。他们害怕这样万能的“自我”形象受损，会回避人际交往，也会避免接受考验（如考试）。他们囿于自己很特别的想法中，极度害怕受伤。据说在青春期或青年期没能学会健全的自爱或自尊受到践踏的人，多出现这种症状。有人说过度保护或情感缺失是一方面原因，另有其他五花八门的原因。

• 边缘型：在被虐待或被疏忽（被弃养）的环境中长大，无法形成稳定的依恋关系（例如亲子间的亲密接触关系），这种情况下容易发生。他们一方面执着地依附于别人，同时又想按照自己的意愿控制依附对象。一旦和对方关系破裂，他们便会感到强烈的孤独、愤怒与无力，有时候甚至有自残行为，或滥用药物。

• 分裂型：患者给人的感觉是，不介意单独行动，只要能做自己想做的事就可以。据说与阿斯伯格综合征等发展障碍的亲和度很高。这种类型的特征是，他们对于走上社会与人交往感到痛苦。“玩游戏我就很满足，不想工作”“父母不在了的话？那我就去死，没事儿”。说这话的人为了保护容易受伤的“自我”，会否认对社会的关注。也应当考虑此类人不属于分裂型，而是具有很强的自恋型或回避型倾向的可能性。

- 妄想型、精神分裂型：患者存在妄想、言行不现实的倾向。与精神分裂症的亲和度很高。

如果过度固执于疾病和症状的分类，就不会去探访因茧居而烦恼的当事人。以上疾病和症状顶多只能作为参考。

我在直接与年轻的茧居族接触时，总是特意提醒自己不要太拘泥于疾病和症状的分类。

第2章
亚洲牵线，与茧居族结缘

茧居族援助活动和"同伴支持"

据我观察，那些从事茧居族援助活动的人，例如生活顾问和精神科医生，有不少人是因为家人或自己有心理问题，为了解决这些问题才立志成为专家的。民间的茧居族援助者也是如此，很多人有茧居相关的经历。在亲友会参与援助的人，有的是自己家人正因为茧居而苦恼。如果有茧居经历，就能理解茧居族的心情，有此类经历的人提供的"同伴支持"是一种有效的茧居族援助活动。

所谓同伴支持，指的是经历过茧居状态、成功走向社会的人提供的援助。还有不少茧居族的家人在参与这项活动，尤其在亲友会等场合比较多。他们会参加茧居族聚集的自助群体，有时候也会开展访问活动，相比较而言，他们总是注意和茧居族保持朋友般的交往方式。其目的在于贴近茧居族的内心，治愈他们。

有效果，不过当然也有问题。一方面是由于活动基本靠志愿者，报酬或酬谢金额极少，很难有固定的优秀人才。另一方面，如果自身的问题还没有彻底解决，就开始参与同伴支持活动，有可能会造成对方状态的恶化。反过来，过于坚持自己克服茧居问题的方法，无意当中将其强加给对方，也可能会让事态变得复杂。关于这一点，需要事先接受训练，也需要有人加以指导。不过，有时候知名专家也会作出错误的指导或应对，因此需要注意。

如前所述，很多人参与茧居族援助活动是因为自己或周围的人陷入了茧居状态，因心理问题而感到苦恼，不过我的情况跟他们略有不同。

在亚洲其他地区和日本感受到的巨大差异

我小时候曾在菲律宾生活，很早以前就特别在意亚洲的事情。如果我不从这里谈起，可能大家无法理解我参与茧居问题的原委以及现在的援助方式——喜欢与茧居族当事人一起在亚洲漫游。

由于我父亲是贸易公司的员工，读小学二、三年级的时候我待在东南亚的菲律宾。当初我不愿意与日本的朋友分开，哭着抗拒去菲律宾，不过到了这个热带国家一看，与日本的气候、人、思维方式全都不一样，我一下子就喜欢上了菲律宾。

学校中午之前就放学了，周末不上课，尽情玩耍。去附近的小河，可以轻易抓到孔雀鱼，院子里的树上装有篮球框，随时可以玩。有的朋友家院子里还有游泳池。

我住在高级住宅区，大门口有手持霰弹枪的保安24小时戒备。读的是国际学校，我在学校里结交了欧美朋友，却没有菲律宾朋友。虽然住在菲律宾，身边接触到的菲律宾人却只有司机或女佣，这件事在我幼小的心里一直是个谜（顺便说一下，并非我家特别富裕，当时派驻亚洲其他地区的企业员工的一般生活水准便是如此）。

少年时期生活过2年的菲律宾给我留下了深刻的印象，成了我的第二故乡。每当出现“菲律宾”这个名字，我就瞪大眼睛、竖起耳朵，将注意力转移过去。

读小学四年级的时候我回到了日本。当时日本已经在教分数，我在国际学校却还没学到那部分内容。所以，我记得当时懵懵懂懂的，刚回国的时候学校成绩很糟糕。

但是，更让我难以忍受的是，上课与课间休息严格按照课程表进行，一分都不差，下午也要上课（菲律宾是只有上午上课，而且是双休）。还有，和国际学校不同，我记得如果在日本的学校畅所欲言，就会遭到不明原因的批评。现在想来，就连我都是这种情况，那些有发展障碍倾向的孩子毫无准备地去过去的那种日本的学校读书，估计会受到巨大的心理创伤吧。

也许由于这个原因，尤其是在四年级第三学期刚转到郊外的巨型学校（当时小学每个年级有接近1 000人，教室数量不足，就用预制装配式建筑来扩建）时，有一阵子我遭到了严重的欺凌。在课外活动的指导老师进教室前，有时候他们用棍棒（当时椅子由木棒组合而成，椅子坏掉以后，拆散的棍棒在教室的角落里随处可见）殴打我的身体，有时候将我倒剪双臂、反复用脚踹我的脸。搁到现在恐怕是无法想象的事吧。但是，这类事在当时却时有发生。

碰巧那个班里聚集了一帮品性恶劣的坏孩子，因此相当乱，几乎没有人呵斥坏孩子团伙的暴行。刚搬过来的转校生尤其容易成为牺牲品。

当时被欺凌的孩子、欺凌别人的孩子都具有流动性，涉及人数也很多，很少有固执地针对特定对象的事例。事实上，升入五年级之后，他们不再欺凌我，以后总算过上了普通的校园生活。交到朋友、组成自己的小圈子之后，就不再有人明目张胆地欺负我了。不过，最近在孩子们中间，这种圈子内部的欺凌似乎很严重。

由于当时孩子数量多，教师和家长总有照看不到的地方。同级同学中极为偶然地出现过孩子死去的事情，但不知为何，被欺凌的孩子中却很少有这种事发生。当时经常流传着谣言："他们说那孩子是从单杠上掉下来摔死的，其实是被欺凌殴打致死的""那孩子因为不愿上学自杀了"。在我的记忆当中，虽然不知道那些说法是真是假，但是在学校里并没有成为公开的问题。

因为我就读的学校相对比较乱，虽然极为偶然，在上课的时候发生过飞车族集体闯入学校的事，他们还去教师办公室抢劫，还有初中就怀孕、挺着大肚子的女生。

这些经历足以让我不相信学校、讨厌上学。当时如果有不去上学的习惯或者说选项的话，估计我会毫不犹豫地选择吧。因此，后来我一直对欺凌和不上学的问题感兴趣。

当然，我也有很多与朋友尽情玩耍的记忆。从初中一年级时起，每当放长假的时候，我或是和同学或是独自一人去旅行，还会在外住宿。我一般住青年旅馆，四人间或八人间。旅途中听各个年龄层的人讲述各种各样的事情，让我感到很兴奋。比起待在家里，我似乎更想早点离开家，自力更生、自由自在地生活。尾崎丰[①]和我是同龄人，他写的诗却深深地打动了我的内心。

与亚洲留学生共同生活

高中毕业以后，上了大学，我依然对菲律宾及亚洲保持着兴趣。

因此，我读大学的时候住进了面向亚洲留学生的宿舍，名叫“新星学寮”，位于文京区[②]的本乡。这个宿舍很特别，没有管理员，原则上也不需要房费。所以，对于我这样的穷学生来说很合适。20世纪80年代中期，宿舍费每个月1万日元不到一点。这个宿舍费只是实际支出费用，包括伙食费、修缮费、购买备用物品的费用、备用基金。大家轮流为所有人做早餐和晚餐，打扫卫生也是所有人共同分担。如果需要修缮，或者购买昂贵的公用电器时，大家一起出钱，存够了钱再买。可能是因为建筑太旧，使用的电压受限制，禁止使用个人的电话、电视和空调。另外，如果有人做早饭时超过了“人均100日元以内”的预算上限，整

① 尾崎丰（1965—1992），日本创作型男歌手，18岁正式出道。
② 指东京都文京区，该区集中了不少日本国立、私立中高等学校，有文化教育区的美名。

体预算将会不足，有时候也会遭到其他住宿生的谴责。

住宿生大约有15人。总共只有10间房，基本上都是合住，不过年龄大的人可以住单间。它的独特之处在于，三分之二的住宿生都是外国人（亚洲人），剩下的三分之一是日本人。男女混住，男生占三分之二，女生占三分之一。不过，男女当然不会同居一室。

全体住宿生每月召开一次舍员大会，共同商议重大事情，比如评选想入住的人。舍员大会上表决时不是采取多数决定原则，必须全员通过。因此，当有新人申请入住时，即使绝大多数人同意，只要有一个人反对，就不会获批。

有时候我们要花费几个小时甚至几天来讨论。这对我而言成了宝贵的学习经历。

当孩子们实施欺凌时，经常是表面上采取了多数表决的形式。为了多数人的幸福，就可以伤害、欺凌某个人。我以前就对这种似是而非的多数表决原则持有疑问。当然了，在真正的多数表决原则下，重要的是采纳少数意见和反对意见，并将其准确反映在整体意见中，这一点毋庸赘言。多数一方单纯靠数量原则强行通过自己的主张或想法，并非本来意义上的多数表决。

我在这个宿舍生活了3年，留下了一些不满情绪。因为我本来想接触一下亚洲的普通人。说到来日本留学的亚洲学生，他们在当地大多都属于精英阶层（即便如此，如果是自费留学，由于日本国内物价太高，他们难免还是要打工，而且在街上经常受到歧视）。而且，在我入住期间，有很多来自中国内地与香港、澳门，以及泰国、马来西亚等国家和地区的留学生，却没有一个来自菲律宾的留学生。

因此，读完大三以后，我办了休学，决定去菲律宾待1年。当时是1986年，正好刚刚签订完《广场协议》（从这一年开始，取消了针对日本货币的汇兑方面的优惠措施，日元急速升值）。当年2月，菲律宾爆发了没有流血冲突的二月革命，马科斯总统的独裁政权倒下了。菲律宾正值闯入动荡时代的转折点。

在菲律宾认识到的现实

我在当地面向日本人的补习班打工，住在马尼拉郊外一个叫纳沃塔斯的贫民区。那里是最贫穷的阶层居住的区域，有固定工作的人不到一成。不过，当时的贫民区刚从独裁政权的暴政下解放出来，充满了一种狂热的兴奋、充实感与希望。

我想了解普通菲律宾人的生活，于是凭借关系独自到贫民区寄宿。不过贫民区是相当贫困的地区，住在那里的人未必就是菲律宾的普通人。所以，我偶尔会抽出时间，到少数民族的村落过夜，但那里也未必算得上是普通菲律宾人居住的区域。

菲律宾是一个多民族国家，存在50多种语言，对于是否存在菲律宾人这种明确的身份，我颇感疑问。当然，菲律宾国籍是确实存在的。来到菲律宾的周边地区，当时就有很多人除了菲律宾的护照以外，同时还持有邻国马来西亚或印度尼西亚的护照。他们不说自己是菲律宾人，而是以“巴瑶”“陶撒格”等部族名自称，并引以为自豪。我那时候才知道，原来一个人的国籍和他是“哪里人”是两码事。

虽然我心中有这些疑问，但是在贫民区的日常生活还是很舒适的。

我所居住的地方，是被称为占屋者区域的非法占地者的聚集区，海边挤满了手工搭建的临时木板房。好不容易通电了，却两天停一次电，下水道和自来水的情况也让人难以评价。

在这样的贫民区，我寄宿在一家卖鱼酱的板房里。一间16平方米大小的房子里，连我在内，住了7个人。马桶很容易堵，无法使用卫生纸，淋浴时也是用小桶将装在大铁桶里的水盛出来从头上往下浇。不用说，一下大雨，泥土地面就会变成一片汪洋，外面的污水便会趁机侵入。

我和他们家的人吃同样的饭菜。一般来说，汤里面只有虾头。后来我听当地的渔夫说，昂贵的虾身全都出口到日本了，心里有点儿五味杂陈。

1987年1月，我被卷入到一场小型冲突中。我碰巧在一个胡乱开枪射击事件的案发现场，头部中弹了。

周围很多人也遭到了枪击，死了好几个人。紧挨着我以及我身后的人好像也都被打死了。

我趁着枪击的间歇，好不容易从现场逃了出来。途中周围的人都对我大喊：“Tama，Tama！”“Tama”是他加禄语，意思是“打中了”。我用手捂住头，手心黏滑，染得通红。被击中的是我的左侧头顶。当时被剜了一个长10厘米、宽3厘米、深5毫米的口子，不过感觉不到丝毫疼痛。据说头部没有痛感神经。我涂上从日本带来的抗生素，缠上绷带，后来伤口就填平了，不过头上至今仍有伤疤。

此时，很多住在贫民区的人帮助了我。我记得那些邻居虽然终日食不果腹，却几乎每天给我送来慰问品，说一些温暖的话语。

之后，我回到了日本，已经没心思像普通人那样大学毕业后找份工作了。因为我想继续独自思考与亚洲的关联以及人类社会的不合理之处。

《椰子的亚洲学》与茧居族

大学毕业后，我在冲绳当了3年左右的电视台记者，后来辞职做了自由职业者。

我从上学的时候就师从鹤见良行先生。鹤见先生是一位亚洲研究学者，或者说是市民运动家。20世纪90年代，我和其他市民研究学者一起，通过“椰子”思考研究亚洲与日本的关联。研究成果通过一家叫Commons的出版社以《椰子的亚洲学》为题出版。我在书中写道，日本人越是想变得清洁，亚洲的热带丛林就被砍伐得越多，某种不合理的构造横跨在亚洲和日本之间。

当时刚开始流行“晨浴”（早上洗澡），男女老幼想要生活得干净整洁的意识逐渐增强。同时，由于生活富裕了，出现了向往健康的热潮，人们盛传植物性油脂比动物性油脂有利于健康，植物性油脂的需求急剧增加了。肥皂、洗衣粉、化妆品的原料是椰子中提取的油脂，此时快餐店里用量增多的植物性油脂也是由椰子加工的油脂。这一时期，日本人清洁和健康方面的意识增强了，使得椰子产品的进口量急剧增加。

此时我多次往返于亚洲其他国家和日本之间，产生了一种疑问。

当时日本还残留着浓郁的泡沫经济气息，以物质上的“丰富”为傲。但是，我生活在如此富裕的日本，却并没有感到太多满足与安逸。反过来，在物质上“贫瘠”的亚洲的穷乡僻壤，本应感到贫困，却感受到了从容与安心。这是为什么呢？

也许这是来自富裕国家的人民的一种错觉吧，可是当我再次回首往事，却觉得事实绝非如此。

例如最具代表性的便是，人与人之间的关联，或者说温暖，这些东西的“密度”在东南亚与日本的城市里截然不同。我感觉日本孤独寂寞的人在逐渐增多。

当我通过椰子的关联看到本应“富裕”的日本，得知有些人正面临孤独苦恼时，就想了解他们，调查一下他们。

因嗅觉牵涉障碍而苦恼的人们

我开始着手调查为嗅觉牵涉障碍而苦恼的人们，当初在《椰子的亚洲学》中也曾提到过这种病。

世上有一种人，认为自己无法与他人或社会很好地相处的原因，在于自己向对方释放了“令人厌恶的体味”。其中，有的人通过科学检查已经明确自己并没有散发令人厌恶的体味，尽管如此，他还是坚信本应“不存在”的“令人厌恶的体味”其实是存在的，因此他永远都无法与他人或社会融洽相处，认为自己永远被讨厌。我们把这种症状称为“嗅觉牵涉障碍”或“嗅觉牵涉综合征”。

尤其在意自己的口臭的人的症状叫做“口臭恐惧症”。

我曾经采访过几家大学医院的口腔外科和牙科医生，花了接近2年的时间实际参观了治疗过程。我还倾听了众多患者的讲述，其中有的人通过“气体色谱分析”做了详细的检查，多次证明了口臭中不包含令人厌恶的成分，但是不肯相信检查结果。他们深信，既然自己的人际关系不和谐，那么“必定发生了口臭”。

顺便说一下，有牙周炎或蛀牙以及口腔容易干燥的人，还有老年人易发生口臭。包括年轻人在内，谁都会有一定的口腔异味，这很正常。但是，患有嗅觉牵涉障碍的人比一般的人加倍注意口腔护理，所以几乎不会有牙周炎或蛀牙。即使通过检查检测异味成分，也几乎不显示数值。因此，大多数情况下根本没有发生口臭。可是，他们自己唉声叹气地说，由于自己有口臭，所以无法和别人打交道。与嗅觉牵涉障碍相反，由于患有牙周炎等疾病，实际上口腔有强烈的异味，本人却丝毫没有意识到，我们将其称为“客观口臭”。

在我采访过的嗅觉牵涉障碍患者当中，有的人说在乘坐电车时一定会屏住呼吸。因为每到一站都要下车换气，所以无法乘坐快速列车去上班，只能坐每站都停的慢车。

另外，有的人小时候被父亲说过一次“你的嘴巴很臭”，打那以后30多年时间里，一直害怕自己的口臭给别人带去困扰，为此烦恼不已。

由于我在菲律宾经历了很多不合情理的事情，也体验过贫民区里不卫生的生活环境，所以对于患有嗅觉牵涉障碍的人以及后来苦于茧居问题的人所说的时而有点离奇的话题、反社会性的话题，我都能津津有味地倾听，不知道这是幸还是不幸。

例如，其中有人说“其实我想杀掉父母”“为了替过去的自己复仇，我想报复他们”，对于这一类话题，我认真又热诚地倾听，结果得以和嗅觉牵涉障碍患者以及茧居族当事人顺利地进行沟通。

为了避免大家误解，我要声明一下，无论什么样的话题我都会倾听，不过我总是提醒自己不要有任何煽动当事人的言行。即使有人对我讲述相当极端、反社会性的想法，如果我花费时间从各种角度与他进行讨论的话，他便会自然而然地修正自己过激的想法，变得温和。

嗅觉牵涉障碍最为严重的情况，便是陷入长期茧居状态。

因此，我想采访一下因为过度的嗅觉牵涉障碍而陷入长期茧居状态的人，这便是我正式接触茧居问题的契机。

此时，正如我在本书开头写的那样，1999年，我的家乡埼玉县设立了“全国茧居族亲友会”。我出席了集会，学习了茧居族的相关知识，还走访了医院、生活顾问、自助团体，倾听了当事人的陈述。于是，我才了解到除了嗅觉牵涉障碍，茧居的原因还有很多——因为嗅觉牵涉障碍而烦恼的人反倒只是冰山一角——有的严重案例甚至无法求助医疗机构或援助者，固执地躲在自己家或者自己房间里，长达10余年。

我想接触一下那种困难的案例，不知不觉便踏上了援助者的道路。2000年前后，当时针对长期茧居族实施访问援助的人还很少。

当初为了采访，我曾经和长期茧居的年轻人互相接触，一同在亚洲旅行。结果，碰巧有一位30多岁的症状相当严重的茧居族当事人，以和我旅行为契机，症状得到了大幅度改善。他之前一直闭门不出，什么事都要倚仗父母，后来开始独立生活，能够自力更生了。这件事广为流传，不久后我就开始接受邀请进行访问援助。从我个人角度而言，能够由此正大光明地接触危重案例，觉得值得庆幸。我踏踏实实地开展工作，自然而然地，各种咨询便纷至沓来。

自从我正式开始实施茧居族援助活动，便考取了生活顾问以及职业顾问等资格证书，也曾面向有志于进行茧居族访问援助的人做过演讲。另外，至今我依然和埼玉县的茧居族亲友会支部“榉树会”保持着联系，每个月参加一到两次亲友辅导班或青年集会，还接受单独咨询。

“亚洲”就这样把我和“茧居族”联系在了一起。

说到亚洲与茧居族，你可能会觉得风马牛不相及，不过在我心里，从上小学的时候起，便一直是联系在一起的主题。

第3章
助其自立与重重阻碍

三种自立

关于茧居族援助活动，每个援助者或者团体、每家医疗机构或者福利机构都会有各种各样的观点，也出版了很多书籍。在此，我想以《茧居族援助者读本》中记述的援助要点作为主要参考进行介绍。在此基础上，我想再阐述一下我心中的茧居族援助要点。

茧居族当事人要想成功脱离茧居状态，重要的是实现“自立”，我们要提供援助。帮助其实现自立时，重要的是实现三种自立，即“精神方面的自立”“社会方面的自立”和“经济方面的自立”。

援助者应该始终保持的基本态度是，不把茧居族当事人看作“坏人”，而是思考“为了让他主动实现自立，我该做什么”，重要的是保持这种援助姿态。为了让其主动实现自立，不能单纯地因为当事人有困难就替他去做。如果过度代劳，反倒会让当事人对援助者形成依赖，结果会将当事人引导到与自立相反的方向。话虽如此，也不是说要放手不管、严厉对待。因为那样一来，他们受伤、疲惫不堪的内心将得不到治愈。

我不会把就业或上学作为茧居族当事人自立的终极目标。将就业或上学作为目标，是过于受世间的常识或一般见解限制的想法，这样会让选项变得太少。说到底，正是这种“寻常”或“普通”的意识在逼迫茧居族本人及其家人。

另一方面，处于茧居状态的当事人所憧憬的人生，并不会轻易变成现实。处于茧居状态、孤独无助的时候萌生的梦想，缺乏现实感，也许和小学生描绘的梦想一样，例如“将来想成为宇航员”“想当职业棒球选手”，这一类梦想很难实现。与当事人及其家人一起，逐步加深对他人和社会的理解，一点点地成长，探索适合自己的可靠的道路，这个过程便是援助。

具体说来，我在第1章列举的访问实例中介绍过敏幸的情况，一开始我绝不会否定敏幸提出的“留学德国”的道路，而是和他一起思考如何实现，同时陪他逐步实践需要学习和体验的事情。首先要走出去，申请护照。然后，虽然很难马上去德国，但是要到邻近的亚洲国家，体验国外的生活。到时候要尝试用当地的语言交流。如果做不到的话，便与他一起思考该怎么办——诸如此类的事情。

在这个过程中，反复经历各种学习、体验、邂逅，敏幸的想法自然而然地走向成熟，他的梦想和愿望变成了能够自己实现的东西，具有了现实意义。我不断向他提供必要的信息和知识，但是尽量避免代劳。

助其实现“精神方面的自立”

首先，要想实现“精神方面的自立”，应该提供什么样的援助呢？

茧居族当事人由于自我评价较低，往往无法接受自己。他们觉得自己可能不行，存在根本不愿正视自己的倾向。同时，有些人存在怪罪别人的想法，认为“我变成这样，都是某某的错”。这样一来，共同生活的家人也很不容易。

长期的茧居状态，不仅会让当事人，也会让他的家人身心俱疲。

我们站在第三方的立场上支持这些走投无路的当事人及其家人，帮助他们能够自行完成各种事情，能够与社会接触，这便是助其实现“精神方面的自立”。援助的要点是让他们“自己思考”“自己感受”“自己决定”。

此时，家人可以询问援助者，援助过多少跟自己家情况类似的具体案例，无需客气。如果援助者实际接手过各种案例的咨询，那么他应该经历过很多具体的援助案例。要想解决自己或自己家人的问题，这一点非常重要。因为有的人可能没有太多经验，就开始投入援助活动了。

助其实现“社会方面的自立”

在下一个阶段，帮助他们实现“社会方面的自立”，就要改善孤立及沟通的问题。

茧居族当事人长期处于孤立状态，由于害怕周围人的眼光，很难主动接触社会。他们的家人也陷入了同样的妄想之中，因而往往无法看清周围的状况。

家人以外的第三方先与当事人及其家人接触，把他们作为普通的人来对待，让他们对外人感到放心，这一点很重要。首先使他们与援助者建立联系，再通过援助者使他们逐步认识其他善良体贴的人，如果能做到这一点，他们想要融入社会的意愿也会增强。

当然了，做饭、洗衣服、打扫卫生、购物，掌握这些生活所需的能力也很重要。

助其实现“经济方面的自立”

在帮助他们实现“经济方面的自立”时，重要的一点是，长期茧居的人往往缺乏对生活和社会的认识，尤其是金钱意识存在偏差。

有的茧居族当事人长期从父母那里领取大量零花钱，有时候能存下一两百万日元。在这种状态下，想要培养健全的金钱意识可谓难上加难。

有的当事人完全没有赚钱能力，虽然茧居，也需要零花钱。如果没钱，就没办法坐电车出行，也没法购买必需品。不过，零花钱的金额太大的话，有时候反倒会带来逆反效果。

茧居族往往存在两种极端的类型。一种是极端节约的人，根本不会为自己的成长投资；另一种是极端浪费的人，如果有自己想要的东西，就无法忍耐，花起钱来大手大脚。这两种类型都不好。

另外，如果当事人逐渐具有了社会性，我们就要帮助他们掌握在社会上生存的技能，为他们提供获得资格证书或技术的机会。如果他们本身有意愿，而且到了能够实现的阶段，我们会就就业提供一些建议。不过，如果当事人实在是就业无望，我们也会就如何获得官方补助或福利提供建议。

在这一阶段，为了让他们融入社会，各种各样的建议是必不可少的。

茧居族面临的“三重阻碍”

我在15年前就与很多年轻的茧居族打过交道，有很多人至今仍和我保持联系。有的人当初根本无法走出自己的房间，不用说我这样的访问援助者，就连与自己的家人也难得见上一面，属于危重程度的茧居族，现在却恢复得很好，不仅上学就业，还与普通女性结婚生子，过上了普通人的幸福生活。

能够暂时去上学或工作的茧居族当事人大有人在。但是，这种状态持续3年以上的案例却很少。

对于成功去上学或工作的案例，只有至少持续3年以上，我才将其视为有所改善。就经历过长期茧居的年轻人而言，持续稳定地参加社会活动是一件非常困难的事。一时的改善往往带来的是空欢喜一场，之后却很可能因反弹而大吃苦头。

我所援助的长期危重状态的茧居族当中，努力走到结婚这一步的案例，也就是四五年前才出现的。走到就业这一步的案例是大约10年前开始逐渐出现的。

其中，有的人并非普通就业，而是拿到精神残疾的残疾证后，以残疾人的身份尝试就业。因为与普通就业相比，工作要求没那么高，还能获得官方的福利性援助或支援机会。而且，即使拿着精神残疾证也结了婚的案例每年都会有。

不过，令人遗憾的是，世人对于精神残疾还有不少歧视或偏见。特别是涉及婚姻，这种倾向就更强了。比较一下成功结婚的案例就会发现，没有拿残疾证就脱离茧居状态、实现自立后结婚的人，与普通女性结婚的更多。反过来，获得精神残疾残疾证的人的结婚对象往往都是同样持有残疾证或者长期去门诊接受治疗的人。

如果疾病或症状比较严重，有残疾证就可以获得持续治疗，因此拿到残疾证是有必要的。仅是持续治疗这一点就很重要。

起初在长期危重的茧居状态中痛苦挣扎的年轻人，冲破重重困难，持续参加社会活动，与人生的伴侣构建稳定的生活。在这条漫长的道路上，在到达可以称为阶段性目标的门槛之前，我认为大致有三重阻碍。如果无需勉强自己，能够享受跨越这些阻碍的过程，应该就能脱离茧居状态，脱胎换骨，实现自力更生。

所谓三重阻碍，指的是如下三点：

① 孤立的阻碍：当与他人或社会无法保持关联时面临的阻碍。有时候当事人与同一屋檐下的家人都断了联系，置身于顽固的孤立状态中。有的危重案例中，当事人几乎不会主动寻求帮助或支援，所以需要访问援助或医疗看护。不过，就算开始了访问援助，当事人也不会马上（几周到几个月之内）从孤立状态中脱离出来。仅是跨越最初的这道阻碍，往往就会花费数年时间。虽说如此，就算强行闯进去将茧居族当事人暂时救出来，送到医疗机构或者援助机构，事后却会留下很深的芥蒂，反倒会让整个家庭陷入大吵大闹或混乱的状态，需要注意。就我个人而言，除非能够判明危重的精神疾患症状，不到万不得已，不建议采用强制性手段。

② 成长的阻碍：很多有长期茧居经历的人，在青春期及青年期（10岁到25岁左右）经历了长期的孤立状态，无法完成一个人成长正常所需的体验和学习，有很多地方与社会脱节。这种情况下，不要急于参加工作、进入融入社会的阶段，为了达到与其年龄相应的发育阶段，需要补充体验一些以前没能完成的事。特别是为了避免面对社会或他人时“低人一等”，最好增加一些能够在他人面前拥有自信或引以为傲的个人体验，多与异性接触，多交朋友。之所以这样说，是因为在参与就业或上学等社会活动时，形单影只、老实巴交的人有时候会成为那个集体中被欺负的对象。而防止这种情况发生的一个有效对策就是尽早交到朋友和伙伴，哪怕极少数也没关系。

③ 融入社会的阻碍：就业或上学，抑或与异性交往、

结婚，打造一个可以与各种各样的人共度时光、共享体验的“场所”时，会面临相当大的困难。譬如就业的话，有时候因为一次致命性失误就会被开除，因此会产生一种精神压力：不能犯大的失误。而且，无论结婚还是工作，都不是短期内忍耐、一两年就能过去的事，而是必须维持、延续10年、20年甚至更长的时间，这是由它们的性质决定的。因此，周围需要有帮助当事人的朋友或顾问，也要培养一些能够释放压力的兴趣爱好或习惯。

以上就是三重阻碍的大概内容。每种阻碍都有很多需要克服的问题。不过，如果中途感到困难，还有一条路，那就是申请残疾证，先以残疾人身份尝试自立。如果病情严重，每个月还可以领到残疾补助（基础残疾补助的话，平均每个月大约6.5万日元，与国民退休金的最高金额相同，与生活保护金中用于伙食费或生活费的生活补助金额也差不多）。此外，可以在就业援助机构免费接受就业相关的培训或援助。随着年龄的增长，经济方面逐渐面临困境的长期茧居族当事人应该考虑一下。

但是，在现行制度下，有时候这并不是一条以促进当事人的成长为主的道路，也许会让人生的选项变少。不过，如果今后针对残疾人的歧视现象减少了，援助制度更加完善的话，这种情况也会得到改善吧。

要想在医院或诊所接受治疗，或者接受心理辅导，至少要获得茧居族当事人本人的同意或许可，就目前情况来看很难。日本的制度原则上需要当事人提出申请，事实上如果不是某种程度上克服了前面所讲的第一重阻碍（孤立的阻碍）的人，就很难接受医疗护理。这也是造成针对茧居族的护理越发困难、当事人茧居状态长期化的一个原因。如果当事人一直拒绝医疗护理，就几乎无法接受任何与医疗相关的服务。

我感觉还没有建立一种有效的制度，无需强制，就能够克服第一重阻碍。在开展茧居族援助活动之际，这是我们应当持续思考的大问题。

继续援助活动的难处

我原则上是以个人身份针对茧居族实施援助，援助方式并不复杂。不过，如果有人打算接受援助，我希望他在获得各种信息、确认之后再答应，因为社会上有各种各样的茧居族援助活动。如果能够获得适合自己或家人情况的援助，病情的改善与康复自然会更顺利。

以前基本全靠志愿者。我最初一两年实施茧居族援助活动时投入了300万日元的零用钱，就当交学费了（自己也没想到会这样）。最近能收到一定的酬金或捐款了，虽然跟一般的精神科医师私费出诊的费用相比少得很，因此，好歹也能将活动维持下去了。但是，有的援助团体索要的高额报酬，令人望而生畏。最近，有一个家庭来我这里咨询，据说他们仅仅接受了一个多月援助，就被索要了200多万日元的费用。因为不适用医疗保险，也拿不到补助金，这就相当于所谓的民间心理辅导，在照顾茧居族时确实会花一定的费用，即便如此，这个金额也太离谱了。

目前，除了通过“榉树会”每年从埼玉县领取数万日元的补助之外，我没有接受任何官方补助。如果有必要，我也许会主动申请，不过我打算尽可能地继续用自己的资金自由地开展活动。原因在于，一旦领补助，这笔钱的用途以及活动内容就会受到限制。而且，一旦停发补助，活动就有可能停滞不前。由于是我个人开展的活动，我根本就没有时间也没有精力为了筹款东奔西走。开展茧居族援助活动时，需要耐住性子打持久战，不能因为资金不足等理由就在短期内半途而废，我要尽量避免这种情况。

我在开展活动时，经常带领年轻的茧居族到海外。10年前我曾咨询过埼玉县内的某个自治团体，有的人拿到了精神残疾补助，我是否可以用这笔钱带他去海外接受治疗，或者将其用作长期逗留的费用，结果被毫不留情地拒绝了。理由是“残疾补助来源于日本纳税人缴纳的税金，所以必须回报给国内的医疗机构”。那一瞬间，我不由得感到了一种体制性的冷漠，竟然不把患者的治疗与康复放在首位考虑。

开展援助活动时最花钱的是“场地费”。所以，我把室外家访作为主要的援助活动，并没有购买或租赁办公室或者心理辅导室。当然了，我会灵活利用公民馆。

另外，我还节省了“人工费”。我没有雇人，也避免与他人共同开展活动。只有我一个人维持活动的话，说到底，只要我愿意，就不怎么需要人工费。话虽如此，我还是希望确保每个月有最低限度的活动费和生活费，幸好在七八年前就能够勉强运转起来了。虽然活动基本靠我个人，但如果有需要，和其他专家合作就可以应对。

不过，既没有场地又没有人的话，就很难同时照顾到很多人，也无法开展涉及多方面的大规模活动。因此，我每个月举办亲友辅导班和咨询会时，除了不在网上宣传推广，最要紧的是缩小自己开展活动的范围。

有些援助者或者援助团体长期从事茧居族援助活动，结果由于深受好评支撑不下去了，我经常看到这样的例子。

在体制尚未健全的状态下，偶然获得了好评，就会有一大批咨询者蜂拥而至。有时，一些团体硬撑着想在短期内增加人手来应对，可这样一来，单个人的援助能力就会明显降低，因为短期内无法诞生高质量的茧居族援助者。不久以后，团体名声变差了，或者抽不出人力了，活动就会瘫痪或停滞。

我可不想遭遇这种状况。

尽量组织简单的活动

我所开展的茧居族援助活动，主要还是访问援助。前面已经讲过，我每年实施的访问援助大约有800次。

最近的问题所在是，针对没有经济基础的茧居族当事人的援助活动。

例如，有的当事人父母双亡，又没有经济基础，只能对他无偿援助。岂止是无偿，有时候一起去旅行，也得我负担费用。

针对茧居族的访问援助活动，成本高得出人意料。例如，由于每个月要驱车行驶2 000多公里，高速过路费、停车费还有汽油费也不可小觑。

而且，一年中，我会去海外五六次，由于旅行或出差在日本国内各地住宿的情况也有十四五次。除了关东各地，我也会去九州、东北、关西、中部等地访问。直接去旅行的经费，我会让有负担能力的人负担。除此之外，我每年还会在国内外漫游两三次，亲自寻访适合与年轻的茧居族一起旅行的新景点，这部分费用由我自己负担。

另外，与医疗或福利相关的专业书籍和资料贵得离谱。仅是资料费，每年的花费就超过100万日元（虽然不少内容并没有仔细阅读）。

杂七杂八的加起来，每年产生的费用差不多600万日元。如果不想办法解决这部分花费，就会出现严重的亏空。我本来就喜欢旅行，也算是在实践一种“旅行疗法”，不过最近由于日元持续贬值，发展中国家通货膨胀，海外旅行的成本也在增加，负担越来越重。

话题都是围绕成本打转了，但要想长期维持活动，这确实是一个重要的问题。

我还想简单介绍一下平时开展的活动。

前文已经讲过访问援助，此外，我每个月在埼玉县的朝霞市内，利用公民馆组织一次单独咨询；举办一次亲友辅导班，这是针对那些由于茧居问题而苦恼的家人设置的公开咨询场所，目的是提高家人自身的应付能力；参加一次茧居族当事人聚集的青年集会（亲友辅导班要收费，而茧居族当事人的集会可以免费参加）。针对愿意参加的人，我会每个月通过电子邮件发送邀请函，另外，“榉树会”（埼玉县的茧居族亲友会支部）的会刊上也会定期刊登亲友辅导班的介绍和地图。有些参加青年集会的人也会主动帮我宣传。

只接受单独咨询的日子，从早上9点到晚上9点，我会以1小时为单位设置咨询时间。在开设亲友辅导班的日子，上午接受单独咨询，下午开亲友辅导班，傍晚开始参加青年集会，在一天内分时间段进行。

这些都是我独自准备并组织的，为此一切从简。如果参加的亲人有20人左右，组织起来并不太难。只是不能因为不小心感冒或受伤就停办。尽管如此，亲友辅导班和青年集会已经持续了12年，还是很幸运的。发生东日本大地震的那个月也照常举办了。可能是因为活动规模不大，才具有了灵活性吧。

在开展访问援助之前或者过程中，让当事人或其家人偶尔参加一下单独咨询或亲友辅导班，效果会更明显。单独咨询需要事先预约，而参加亲友辅导班或青年集会的话，无需事先预约或申请，完全自由参加。

亲友辅导班每次举办3个多小时，围绕“家人之间的沟通”“融入社会的准备工作”“游戏依赖症”等主题，进行演讲或讨论。青年集会一直是采取自由交谈的形式，聚集的当事人平均年龄在30多岁到50岁之间。我们每年会做一次计划，一起到国内外旅行，自愿参加。

关于茧居族援助活动，如果开动脑筋，单枪匹马也能做很多事。

第4章

某一天的“茧居族访问援助”记录·其二

2012年5月13日（星期日）

第1家“2年后的敏幸”

上午10点 · 埼玉县秩父地区 · 敏幸（男 · 36岁）· 茧居经历20年

黄金周[①]结束以后，大约过了一周。不冷不热，是个风和日丽的日子。

今天接下来要去位于外秩父的敏幸家访问。估计他在黄金周期间状态不大好吧。对于部分茧居族当事人来说，每年的黄金周都会让他们情绪非常低落。

与他们差不多大的年轻人都在尽情地忙于休闲、恋爱与工作，歌颂充实的人生，为什么唯独自己被剩下了，在自己房间里郁郁终日呢？他们一整天都在脑子里不停地反复回味这样的自问自答。

除了黄金周之外，还有几个令他们感到憎恶的时期。首先是从圣诞节到年末年初，一直持续到成人节[②]的那段日子。然后是情人节前后、夏季盂兰盆节[③]前后的游玩季节、秋季的白银周[④]，最近还有人在万圣节前后情绪低落。

也有人因为昼夜温差太大或者气压变低而陷入抑郁状态。

由于嫉妒他人而产生的烦恼，很难向家人或者外人倾诉。因为他们很清楚，即使鼓起勇气坦白相告，也会被反驳说“你这理由太任性了”“嫉妒别人的幸福是不对的”“既然这样你也享受人生不就行了”，内心反倒会受伤。所以只能一味忍耐，闷闷不乐地待在家里。

然而，跟我的消极预测相反，当天敏幸并没有垂头丧气，反倒比往常活泼，给我留下了很精神的印象。

“石头先生，你好。接近半个月没能见到你，我好无聊啊。”

客厅里没有他母亲的身影。我们约定，在我访问期间，让他母亲外出，便于我和敏幸单独交谈。早在1年前，我们就采取这种形式进行面谈。

2年前，我和敏幸初次见面，2012年4月两个人共同去东南亚的泰国旅行了3周左右，临近黄金周才回国。回到日本以后，今天我们两个人是第一次碰面。差不多是时隔3周的重逢。

“因为在泰国游玩时，我们一直都是住同一间房啊。回到日本后就我一个人，总觉得有些孤单。”

---

① 4月末到5月初是日本一年中节假日最集中的时候，被称为“黄金周”。
② 每年1月的第二个星期一为年满20岁的男女青年举行成人仪式的日子，这天是日本的固定假日。
③ 阴历7月15日前后为超度祖先亡灵举行佛教仪式的日子。日本公司大多按惯例在阳历8月15日左右放假一周。
④ 日本9月下旬的连休假日，一般连休3天以上。

至少2年前在我面前显露的那种紧张感已经烟消云散了。

痛快地剪掉2米长发的理由

还有一件事让我感到吃惊。去泰国旅行时还是接近2米的长发，已经完全变成了短发，长度接近毛寸。

我在第1章中讲过，敏幸觉得自己后脑勺的形状很别扭，极度讨厌在别人面前露出来。所以他留了长发，为了不让别人看清自己的头部形状，就用厚厚的头发遮住。在泰国旅行期间，他从未想过剪掉。我也从未说过让他剪掉。本来我就不太在意外貌或体面，而且我觉得过度拘泥于这些事不好。茧居族及其家人过于在意面子，极度害怕周围的人用异样的眼光看自己。因此，我一直注意自己的言行，有意识地不去关注外貌，不强人所难。

"哎，哎呀……你的头发到底怎么了？"

我小心翼翼地问出口，敏幸便满面含笑、迫不及待地回答了我。以前他根本不敢跟我对视，今天却大不一样。他用带有挑衅意味的目光看着我，似乎很享受和我的对话。

"果然被你发现了呀？3天前我自己把它一下子剪掉了。哎呀，以前我也每天淋浴，也洗头，可是头发根部积满了头皮屑，可能是因为头发太长、太密集了吧，吓我一跳。头发丝间都是些雪白的东西，密密麻麻的，几乎让我感觉恶心。剪掉之后真是太好了。"

也没有人要求他，他就主动剪掉了头发。原因是什么呢？

"当时我们不是去了位于泰国北部山中盆地的一个叫拜

县的小城吗？那里有很多雷鬼风格的人，留着长头发。其中有的人头发留到四五米长，走路的时候直接拖在地面上，任由头发梢沾满了泥，变成一团。不知道为什么，看到他们以后，我对头发的执念消失了。都无所谓了，反正我比不过他们。我也不想变成那样。于是我就把头发剪掉了，虽然有点儿可惜。我想更加普通点儿也挺好的。哎呀，神清气爽呀，我第一次发现原来自己的头这么轻呀。”

可是，你的后脑勺会被别人看到，没关系吗？

“哎呀，以前我很在意，我们在泰国北部不是看到过一些为了拉长脖子套上项圈的人么。另外还有人把耳垂拉长、在下嘴唇嵌一个大盘子。游客里面也有人有纹身，或者打扮成动物的样子。待在那些人中间，就不怎么在意外貌了。”

在泰国和缅甸边界处有很多少数民族，有一个叫“长颈族”的民族，女性会把脖子拉长，还有一个“长耳族”，会把耳朵拉长。

他们和她们原本是从缅甸逃来的难民，为了获得口粮，就把自己的习俗展示给游客。这也是一种工作。追溯一下它的历史，就能瞥见当地山区民族的复杂情况。有一种说法是为了不让女性流失到其他村落，便让她们保持特殊的外貌，把她们圈起来。不过在此就不赘述了。

总之，敏幸在泰国腹地遇见了各种各样的人，他们虽然外貌各异，却都活得很精神。似乎他的身体畸形恐惧症（一种强迫症，患者过度在意自己的体型和外貌，有时候会影响生活）大幅度减轻了。

当然了，海外旅行对他来说是一次前所未有的经历，也许这对于他内心的成长以及自信心的增强多少有些帮助。

“下次我想再往南走一点儿，去马来西亚。”

我跟敏幸约好下次去马来西亚，然后辞别了他家。

第2家“办理福利退休金！”

下午2点·东京都西部·阿优（男·42岁）·茧居经历23年

其实大约1年前，阿优的父亲突然去世了，享年71岁。阿优与父亲关系不好，非常合不来。父亲每次喝醉酒，都会对他破口大骂：“懒鬼！”“年龄不小了不要无所事事！”“赶紧工作！”在身为茧居族的孩子看来，这是个魔鬼或者恶魔般的父亲。一般情况下，阿优总是躲在自己房间里默默忍耐，偶尔也会爆发一次，极力顶撞父亲。这种时候，母亲必定会哭着劝解。阿优总觉得有些过意不去，没脸和母亲见面，有一阵子反倒故意无视她。这样一来，便伤了母亲的心。

在闭塞的家庭环境中，某个家人发泄出来的强大压力，就会像这样在家庭成员之间无限循环。

但是，尽管如此，一旦失去亲生父亲，阿优的内心突然裂开了一个大“洞”，有一种失落感。关于失去父亲之后的心情，阿优这样说道：

“老实说，高兴的心情占三分之一，悲伤也占三分之一，然后关于今后该怎么办的‘困惑’占三分之一。我自己也有点儿吃惊，竟然涌出了一股悲伤的心情。因为我万万没想到，父亲死后我会感到悲伤。因为我这半辈子都在想，父亲不在了才好呢。”

父亲死后，他的那份退休金没了。母亲还有遗属退休金，而阿优本人却没有收入来源，家里的经济状况变得严峻了。他感觉没办法安安稳稳地茧居下去了。

“已经不能再说我会这样都怪父亲了，今后我决定打零工。”

阿优心中感受到了现实中的危机，自从我开始访问以来，这是他第一次认真考虑工作的事。我临时教给他一些简单的面试技巧和人际交往的要领，虽然有些手忙脚乱，大约1年前他得到了一个家电商场的面试机会，而且好不容易通过了面试，以普通临时工的身份开始上班。

在打工面试之前，阿优最担心的是他的茧居时间很长，如果完全如实填写的话，简历上会出现一大片空白。他很害怕简历上的空白会让公司的考官对他产生不信任的感觉。他说临近面试的时候曾经多次想："我还是感觉不行，我不要参加面试了！"

不过，幸好阿优20多岁时就拿到了职场咨询师的资格证书，简历上填写曾在我这里（其实前文也提到过，我只是以个人力量举办小规模的活动）以及以个人身份做过咨询业务，这样一来尽量填补了空白期，提交的简历不那么惹眼了。关于求职原因，他在面试时说，由于经济不景气失去了收入，父亲又过世了，为了生活决定上班。

他曾在网上匿名接受过很多人的咨询，只是没有获得收入而已，所以工作经历也不完全是造假。

那么，时隔2个月再次见面，阿优会变成什么样子呢？

我到了约定碰面的咖啡馆，阿优已经在那里了。令人吃惊的是，他穿着一身西装。他总是穿牛仔裤或者运动服，所以我有点儿惊讶。

“你好！”

阿优先给我打了个招呼。

“我马上就可以办理养老保险了，因为我现在每周能够固定工作的时间已经超过30个小时了。碰巧单位里的人都很亲切，工作环境也很好，真是非常幸运。我按照您的建议，一上班就努力地主动跟别人打招呼，在单位里交到了能够一起吃饭的朋友，这也是很重要的一个原因。我遇到不懂的地方马上就会请教他们。如果在单位是孤身一人的话，我根本不可能坚持下来。”

确实我曾建议他“尽快在单位结识一些人，哪怕一个也好”。但是，对于有长期茧居经历的人来说，要付诸实际行动，却比登天还难。阿优当时也算是拼尽全力了。

之后我又听他讲了很多单位里的事。他和同事以及上司的关系似乎也挺好。这样应该就没问题了。话说回来，他现在还处于充满紧张感的状态，勉强能够维持现状，不知道这种状态是否能持续两三年。实际上，有茧居经历的人正常就业或打工时，往往会在工作3个月或者1年之后身体开始吃不消，或者由于人际关系恶化而辞职，这种案例有很多。

总之，我们那天约好2个月后再见，就此别过了。

第3家“隔着门喊话”

下午4点·东京都西部·阿正（男·26岁）·茧居经历10年

与阿优面谈之后，我直接前往距离较近的阿正家。

阿正的茧居状况跟2年前相比没有太大变化。他母亲说道：

“不过，以前他决不肯出现在他父亲面前，现在却会和我们一起，一家三口围在餐桌前吃早饭。饭后还会帮我洗碗。您也建议过，做饭、洗衣服、打扫卫生、购物等家务活最好能独立完成，所以他也逐渐开始自己去做了，虽然只是一点一滴的转变。而且，以前您在房间门口跟他说话时，他会提前把桌子搬到房门内侧，以免房门被打开，现在他已经完全不做这种事了。您写的信，他好像也会马上拿进去读。”

我爬上2楼，来到阿正的房门口。这一天，我跟他说的是足球和棒球等体育类的话题，以及最近开始播放的深夜动漫，大概说了接近半小时吧。最后我把提前写好的信放在门口，下楼了。

听说那天我离开阿正家以后，他马上就打开房门，把信拿进去了。

第4家“关系恶化的原因”

下午6点半·神奈川县S市·阿守（男·37岁）·茧居经历15年

我以每个月2次的频率访问阿守家，这两三个月，阿守的状况不太好。2次访问中，会有一次以状态不好为由拒绝见面。

至于原因，我能想到2点。

我与阿守的关系，我感觉相当良好。不过，大约3个月前，我们闲聊了一会儿，话题扯到了一部电影上。

那是几年前公映的一部动作片，碰巧当时电视上正在播。因为我和阿守都看了那部电影，就交流了一下观后感。我们聊的话题跟故事的主要情节无关，对于主人公对其他女性角色怀有何种情感，我们的意见出现了分歧。

阿守认为有爱慕心理，而我说并没有太多爱慕心理，倒不如说他爱慕另一个更不起眼的角色。在这之前，我总是小心翼翼地理解阿守的说法和想法，与他共鸣，谨慎地对答。由于是闲聊电影，我稍微疏忽了。

后来，我与阿守的信任关系修复以后，提到当时的心情，阿守这样描述道：

“总感觉我的意见遭到了否定，觉得您一下子变成了离我很远的人。”

有些处于茧居状态的当事人觉得自己根本不可能谈恋爱，已经放弃或者绝望了。在这种状态下，一旦自己的恋爱观遭到否定，就会受到打击，感觉就像被人指出自己属于不适合谈恋爱的人。

接下来，阿守又问我：“父母终归会比我死得早，那么我迟早都得上班吧？”

像这种触动茧居族当事人心弦的问题，如果对方接连发问，老实说很难应对。此时若慢慢思考，过一会儿再回答，就有可能失去对方的信任。由于是花时间考虑之后说的话，他们会怀疑你在心里捏造谎言。我不想因为这种事破坏与他们之间的关系，所以总是尽量立即作出回应，而且注意不要说错话。假如平时多留心，总能应付过去。只要不说错话就行，并非必须一直回答正确答案。

但是，当时我没回答好。我的回复大致如下：

“从年龄上看，你的父母可能会比你先死。先不说是否上班，我觉得为了确保基本的生活需求，有必要获得一定的收入来源。可以存款，也有生活救济等官方补助，以你的情况，也许可以完成一周上班一两次的轻松工作。如果实在是什么都做不了，那就去医院接受相应的检查，要是因为精神疲惫诊断出什么病名的话，就能获得残疾人认证，提前领取养老金，或者找到一份简单的工作，也有这样的选项。”

我的解释有点过于细致了。

阿守此时还有强烈的愿望，想考个好大学，重获新生。这是阿守的夙愿。我讲了一大堆，却不小心漏掉了这个选项。因此，他后来说：

“我觉得您好像离我更远了。心想还有必要继续和您聊下去吗。”

于是，我去访问时有时能见到他，有时候见不到，这种状况一直反反复复的。即便能见到阿守，他也总是显得有些消极。

与长期茧居的当事人接触时，如果没有建立充分的信任关系，有时候一次小小的言语分歧或想法相悖就会造成关系断绝，有时候再也无法修复。我本来十分清楚这件事有多么可怕，可还是有些大意了。

今天的访问也只是稍微见面聊了几句而已。所幸我和阿守的关系并没有断绝，但是修复关系花费了三四个月时间。

迄今为止，我还从未和阿守有过旅行之类的共同经历。

如果能像第1家访问的敏幸那样，一起去海外旅行，有几天共同的经历，也许不会发生类似这次的事情。信任关系越深，共同经历越多，就越容易形成无话不谈的关系。不过，有的人具有较强的边缘型性格障碍倾向，言语上存在一星半点的不一致，就可能造成致命性的裂痕。因此，在和这种类型的人推心置腹之前，至少要维持1年多能够面对面交谈的关系，这一点很重要。

第5家“小巷深处的房子”

晚上8点半·东京都M市·义雄（男·38岁）·茧居经历12年

义雄家坐落在人口密集的住宅区的一个角落。与其他房子相比，在人口密集的住宅区，位于小巷深处的房子里，长期茧居的人似乎更多。事实上，现在我所访问的家庭中，处于类似地理位置的房子有五六户。

越是小巷深处的房子，越容易茧居。这么说是有原因的。

从小巷尽头的房子里出来，必须穿过这条小巷，才能来到大街上。但是，小巷两侧是鳞次栉比的邻家房屋。于是，在穿过小巷时，会产生一种被路两旁的人家“盯着看”的感觉。当然了，事实上也许没那回事。不过，一旦产生“被盯着看”的感觉，就会在脑海中挥之不去了。这样一来，因为不想经过小巷，就会躲在自己家里。

对于大多数茧居族当事人来说，毫无瓜葛的外人倒无所谓，他们极度害怕遇到那种“半生不熟”的人，对方也许知道自己的长相和名字。小巷深处的房子，对于有茧居特质的人来说，或许是一道鬼门关。

我有些紧张地按响了他家的门铃。

今天是第一次访问。事先通过单独面谈，我听他父母简单介绍了一下事情的经过和现状。

不过，实际开始访问，才发现当事人及其家庭的状况往往和他父母在外面事先介绍的内容有出入。因此，我在开始家访之后，最初3个月基本都是摸索着应对。

今天我没有强行去接近他。

我在1楼的客厅里和他父母闲聊了一会儿。义雄本人自然没有从2楼的房间里走出来。今天我既没有和他打招呼，也没有给他留信，就离开了他家。

第6家“半夜三更出发”

晚上11点·东京都东部·五郎（男·32岁）·茧居经历12年

只有等五郎的父母入睡以后，我才能去他家访问，不过最近情况有所改变。

其实，这2年我和五郎一起去了很多地方，有时候也去旅行，还去了几次海外。因此，五郎对于自立这件事有了些许自信。在我们一起旅行期间，他掌握了一些生活技能，能够照顾好自己了。

他在今天终于下定决心，打算“离家出走”，离开这个讨厌的家。

他已经自己找好了新家，是东京市内一间木结构公寓，房间不到8平方米。没有浴缸，也没有淋浴设备，他打算去澡堂洗澡。厕所是公用的，不过房租很便宜，1个月只要2.3万日元。五郎压根儿没打算接受家里给的生活费，所以尽量选择了房租便宜的房子，重新出发。

这也正合我意。

其实在年轻的茧居族当中，有很多怕寂寞的人。开始独居生活后，新家周围没有任何熟人，与外界孤立的话，这种生活往往无法持续很久。有的人会闭门不出，终日沉迷于看录像或玩游戏。因此，我的建议是，搬家后马上在附近结识几个至少能见面打招呼的人，几个人就可以。外出机会也是越多越好。

没有浴缸，就得去澡堂洗澡。其他住在没有浴缸的公寓或者老宅子里的人也会经常去澡堂。而且，如果去澡堂的时间固定的话，一般情况下，总会碰到同一批人。每天都这么“赤诚相见”的话，用不了多久对方就会主动来打招呼，以后见面就能寒暄一番了。然后，遇到困难的时候，例如想了解附近的店铺或设施时，不妨大胆地向这些人求助，他们说不定会非常耐心地给予指点。平民区至今仍然保留着浓浓的人情味儿。从不带浴缸的公寓开始尝试自立，是一个可行的选择。

话虽如此，那些年轻人长期待在物质生活充裕的家里，很难一下子让他们去体验没有浴缸的公寓和公共澡堂的生活。如果有洁癖或噪音恐惧症之类的强迫症状，会感到很难受。所以我带五郎去东南亚和冲绳时住在简陋的旅店里，让他多多体验与别人合住以及共用浴室的生活，合计起来应该至少有几个月的经历吧。他原本多少有些洁癖，后来基本就不在意这些事了。

在中国和缅甸的内陆地区体验开放式的公共厕所，用于治疗洁癖或厕所恐惧症有惊人的效果。对于茧居族当事人来说，去海外之前的过程很艰难，不过如果能够和在当地有一定旅行经历的人组队体验的话，也并非难事。说起在亚洲内地旅行或漫游，即使跟经验丰富的背包客相比，我也不遑多让。

在积累了这些经历之后，五郎感觉已经万事俱备，毅然决然地要离开家。

我已经拜托熟人帮他找好了打工的地方。年轻的茧居族往往在别人面前极度紧张，容易怯场。五郎也是如此。碰巧我朋友的公司在招募临时工，工作内容很简单，我就事先把五郎介绍给我朋友，还一起在外面吃过几次饭，朋友就决定录用他了。

长期茧居族当事人在外面寻找普通的零工时，借助于招工信息或者职业介绍所的话，门槛太高了。相比之下，不如在已经熟悉自己的状态和症状的人手下，逐步适应工作更有效。不过，我并不负责帮年轻的茧居族找工作，五郎这次的情况只是机缘巧合罢了。

今天我来到五郎家时，他已经把行李打包好了。

“石头先生，拜托您了！行李我已经准备好了。”

终于到了毅然离开家、搬出去住的时刻。说是打包行李，其实他只是准备了被褥、替换的衣物以及最低限度的生活必需品。在和我经历过多次中长期的旅行之后，他发现平时所需的行李不用太多。

“如果有什么需要的东西，回头慢慢再买就行。”

我的轻型汽车装他的行李绰绰有余。装完车以后我们立刻就出发了。我让他留了一封信，以免他父母担心。信的内容很简单，大致内容如下：

“我要搬家了。谢谢你们以前照顾我。请不要找我。五郎。”

离开五郎家时，已经过了半夜12点。

“这简直就像是跑路呀。”

我笑着对五郎说道，然后就朝他的新家进发了。

2016年，去长期茧居族家里访问时的一个场景
虽然没能见到当事人，文鸟却跟我很亲近

第5章

2001年——最初的访问援助

第一个访问援助对象

与太郎邂逅

我最初的访问援助对象是太郎。那是2001年的事了。当时还没有访问援助这种意识，我得到一个机会，结识了一名长期茧居的当事人。我有些困惑，不知如何是好。

当时研究茧居问题的专家寥寥无几。1998年11月，精神科医生斋藤环先生出版了《社会性茧居》一书，将茧居问题公之于世。

2001年10月，斋藤环先生在千叶县船桥市的佐佐木医院坐诊，我去参观学习，环先生说的下面这番话至今还留存在我的脑海深处。

"没能积累社会经验就开始茧居的人，即使症状得到改善，也很难在现实中找到工作。这样一来，就需要整个社会投入税金来保障这些人的生活费……"

15年来，为了援助茧居族，国家和医疗机构考虑并实施了各种方法对策。但是，究竟找到有效的解决方法了吗？我至今仍对此抱有疑问。而且，在当今这个时代，国家的财政危机越来越严重，无法像以前那样将财政收入投到社会保障费上。

今后到底会变成什么样呢？众多茧居人士该如何生存下去呢？

继续讲太郎的故事吧。

2001年，当时几乎没有人熟悉危重茧居族内心的想法。从茧居族当事人身上了解茧居问题是最好的捷径，也是可靠的方法。

2001年，太郎当时29岁。

太郎容貌清秀，有点像杰尼斯事务所[①]的花美男。他只读了2年高中就退学了。从那以后，到2001年为止的13年里，他基本和别人以及社会绝缘。

不过，大概从1年前起，他开始频繁使用手机发送邮件[②]。同时，也开始积极地走出家门，如果有茧居族相关的集会，他都积极参加。原因是他交了一个女朋友。

“读初二的时候，我的心理状态开始变得不稳定。父母离婚了，我和父亲分开，跟着母亲生活。父亲是那种以自我为中心的人，控制欲很强。他是个书法老师，头脑僵化，非常顽固。他根本不会理解不去上学或者茧居在家的人，

① 成立于1975年，是一家著名的日本艺人经纪公司，以推广男艺人和男性偶像团体为主要业务。

② 在日本，邮件比短信普及，即便使用手机，日本人也更习惯以邮件联络。

绝对不会同意。

“同时，不知道为什么，当时中学的任课教师全都针对我一个人，没完没了地对我实施体罚。我在学校很老实，不过自从父母开始争吵，我偶尔会反抗老师，也许是由于这个原因遭到了厌恶。只是，他们几乎每天对我非打即骂，我的心灵和身体受到了极大的伤害……”

从那时起，太郎逐渐无法和朋友好好交往了。中考时，他考上了一所很好的私立大学附属高中，入学以后却发现自己成了孤家寡人，身边没有一个朋友。

太郎苦恼了很久，最后认为自己无法顺利和别人交往的原因在于个子太矮。但是，当时太郎身高大概170厘米，在相同年龄段的男生中属于平均水平，绝不算矮。

太郎的症状属于典型的身体畸形恐惧症。患有这种症状的人坚信自己的容貌或身材不好，所以才会惹人讨厌、不被别人接受，从而陷入无穷无尽的烦恼。

只有那些个子高的人的身影才会进入太郎的视野中。比他矮的人不会进入他的视野。确切地说，那些个子矮的人自然也进入了他的视野，不过他们的存在不会留在他的记忆中。所以，在太郎脑海中形成了一种固定印象，觉得“自己是全世界最矮、最丑的男子”。

一开始他试着买来增高鞋（鞋底和鞋后跟做得比一般的鞋高）之类的产品，但是虚假的身高无法让他满足。于是，太郎便四处寻访整形外科，请求医生务必让他变高。但是，无论哪里都不可能有这么方便的微整形手术。

正在这时，他在一本周刊上看到一篇报道：“俄罗斯有一种手术，将双腿从膝盖下方截断，在那里接骨，就能增加身高。”这种可疑的报道算得上是一种都市传说了，是不可靠的消息。但是太郎决定赌一把，强逼母亲拿出去俄罗斯的旅费和治疗费。不过，母亲自然是哭着拒绝了他。

太郎感到绝望了，刚升入高二就退学了。之后便陷入了严重的茧居状态。

后来，太郎在孤独中苦苦挣扎，多次产生了自杀冲动。他曾经跳到山手线的铁轨上，也曾吊在10楼阳台外侧的栏杆上，悬在半空。不过都没有走到最后一步。他又用厚刃尖菜刀往自己胸口戳了几刀，留下了一道深深的伤口。据说鲜红的血液在屋里四处飞溅。但是没有死成，只是在胸口正中留下了触目惊心的伤疤，纵向长达30厘米。

对以前的任课教师的怨恨也始终萦绕在他心头。因此，太郎23岁那年，曾在大白天上课期间，挥舞着金属球棒闯入以前欺负过他的任课教师当时任职的中学。幸好太郎事先拜托母亲同行，他母亲也在场。

他在教师办公室里大吼大叫，不过没有破坏办公用品和建筑，有问题的那个老师也出面下跪道歉了。在母亲的周旋下，总算没有闹到警察那里。

“虽然他给我道歉了，可是我心里一点儿都不畅快……”

他觉得自己可能生病了，走访了50多家精神科、心理科以及各种咨询师办公室，但是都没能消除自己的烦恼。非但如此，一些医院和咨询师还简单粗暴地将他拒之门外：“像您这种患者，不适合我们这里。”他们一次又一次将太郎推入绝望的深渊。

“不过，从25岁时起，我的心情平静多了。因为我总是在心里提醒自己冷静地重新审视自己，努力控制愤怒之类的冲动情绪。而且，我尽量做到每天出门散步。也有过打工经历，虽然时间不长。”

与异性的邂逅带来的变化

太郎永远不会忘记1999年4月2日那天发生的事。他碰巧出门遛狗，经历了一场刻骨铭心的邂逅。

一名年轻女子牵着狗迎面走来，太郎情不自禁地寒暄道：“你家狗狗好可爱啊。”心脏怦怦直跳。他完全不明白为何自己会突然主动打招呼。这种事还是头一次。对方报以微笑，并礼貌地颔首致意。

当时只是寒暄一下就擦肩而过了，后来经常在遛狗的时候遇见对方，一来二去就很熟悉了。

“我很想和她交朋友，终于有一天我向她问了电话号码，她也很爽快地告诉了我。后来我多次跟她通过电话进行交流。不久以后我们的关系逐渐变得亲近起来，开始在咖啡馆一起喝茶。”

但是，太郎一直没有说出自己是“茧居族”的事实。对方是就读于女子大学的研究生。他觉得，一旦说出自己是高中辍学的“茧居族”，对方立刻就会感到恶心、嫌弃他。他不想失去交到的第一个异性朋友。

但是，有一天，他想和她成为超越朋友的关系。他决定坦白一切，再请求和她交往。表白那天在2000年3月，认识她快1年了。

“那是在银座一家咖啡馆里发生的事，我永远都不会忘记。我花了好几个小时将自己茧居的过程坦白相告，一直讲到中学时代的经历。我甚至趁势脱了衬衣，给她看了自己胸口的大伤疤。原以为铁定会遭到拒绝，没想到她的答复竟然是Yes。她陪着我一起流泪，接受了我的表白，当场抱紧了我。那一瞬间，世界都变了……”

后来，太郎开始和她用手机互发邮件。在当时来说，他们像极其普通的男女那样交往，享受这段恋情。

虽然还是相当紧张，他却能和她一起走在人来人往的繁华街道上，这在以前几乎是不可能的事。他在初次见面的人面前也能堂堂正正地说出自己的意见了。

他说切实感觉到自己正在发生急剧的变化。

太郎开始朝着脱离茧居状态的目标，脚踏实地地前进。就在此时，我在一次茧居族的集会上认识了太郎。

对于我来说，太郎是我的第一位“茧居族”方面的老师。

第一次和太郎在亚洲旅行

从2002年2月开始到3月期间，我和太郎前往中国以及东南亚旅行。

我们先乘坐飞机来到中国南方的广州。我们计划用一个多月的时间，坐火车和大巴去桂林、昆明、西双版纳（位于和老挝及缅甸接壤的地方，是傣族自治州），然后走陆路南下老挝和泰国，从泰国曼谷买机票回日本。整个行程超过4 000公里。如果是习惯背包旅行的人还好，对于普通人来说算是一场小小的冒险，更何况是对于太郎这样的茧居族，这可以说是一次鲁莽的挑战。

当初我还担心太郎很快会情绪不稳，不得不比预期计划提早回国。但是，幸运的是，我们用了35天基本走完了计划的行程。

原本这次旅行有两个主题。

一方面，我想确认一下，太郎作为“茧居族”，在异国他乡接触到形形色色的人，会受到怎样的刺激，发生怎样的变化。有一种“茧居族”由于过度在意周围的目光和体面，无法和别人正常交往。太郎也属于其中一员。因为长期茧居，无法积累学历和工作经历，因此害怕世人不把自己当作成人对待，就一直“茧居”下去了。正因为如此，在特别重视体面的日本社会，“茧居族”是尤为多发、尤为严重的现象。到了不同文化的社会环境中，日本的常识和体面等观念行不通了，会出现什么样的变化呢？

另一方面，我想找到与“茧居”人群相处的方法。也就是说，我本人以及我们大众应该怎样和“茧居”人士接触。

“茧居”问题源于和周围的人际关系，有时候就连其家人也无法和“茧居族”好好交流，反倒让事态更加恶化。外人能够和“茧居族”顺利沟通的话，也许能避免事态变得更严重。也许我可以将访问援助作为一种有效的援助方式。

一个多月时间里，我和太郎整天都一起行动。如果我对太郎过于体贴，用不了多久我自己就会积蓄很多精神压力，估计会因为鸡毛蒜皮的小事爆发吧。因为在他人看来，“茧居族”有时候会作出任性、旁若无人的举动。

不过，站在“茧居族”的立场来看，这只是因为他们总是顾及别人的感受，想要与别人保持一致，一直忍耐，最终再也没有余力从容地保持耐心，紧张的那根弦绷断了，从而变得一筹莫展。

我如何才能一直自然地与太郎相处呢？如果我能在一定程度上做到这一点，通过调整与周围的人的相处方式，也许就能防止“茧居族”陷入孤立状态，越陷越深。这可能有助于问题的解决。

克服厕所恐惧！

在35天的旅途中，太郎的状态并非总是很稳定。

将旅途分为初期、中期、后期三个阶段的话，他在初期阶段基本无法单独行动。太郎有一个不好的习惯，一紧张马上就想跑到厕所上大号。如果去医院就诊的话，也许会被诊断为过敏性大肠炎。

因此，太郎在出发之前购买了大量成人纸尿裤，带在路上。他想着万一情况紧急，就用纸尿裤预防最坏的事态发生。

一开始离开旅社（厕所）超过5分钟的话，他就会感到不安，转眼间脸色变得苍白。实际上，最初他每天必定要跑到厕所上五六次大号。

当时中国的城市里也修建了一定数量的公共厕所，但大多数是开放式结构，只有很矮的遮挡，大号时会被周围的人看到。一般的日本人已经习惯在密闭的个人空间里上大号，恐怕很难在那样的厕所里方便吧。更何况太郎是

"茧居族"，根本无法在那样的公厕里解决。因此，他没办法离开旅社单独行动。

同样，在长途出行时他也面露难色。如果是带厕所的火车还好，长时间乘坐长途汽车时，因为上面没有厕所，他一开始总是固执地小声说"我恐怕做不到"。

我们旅途的第一站是中国广州，我朋友（中国人）的家人接待了我们，因此得以愉快地观光、在街上漫步。朋友的姐夫曾在日本留学，多少会一些日语，而且我事先告诉了他太郎的"茧居"情况。有这位姐夫陪着我们，上厕所也没出现问题。

可能这些话有点多余，其实这位姐夫也很怕到人群拥挤的繁华街道或者商场。这是一种类似广场恐惧（一去人多的地方就会有强烈的紧张感或恐惧感）的症状。所以，他说多少能理解日本"茧居族"的心情。

据说在中国内地与香港，韩国、新加坡及东南亚等地，最近"茧居"问题日益严重。如果符合一定的条件，似乎在日本以外的地区也会发生"茧居"现象。

广州的下一站是桂林，从这里开始我和太郎就只能靠自己了。我们俩基本都不懂汉语，要想离开旅馆出去活动，需要一点勇气。

乘坐夜行列车接近40个小时，终于到达了桂林。

总不能老待在旅馆里，最后我们决定一起出去散步。刚来到一条繁华的街道，太郎就感到了一股强烈的便意。

没有足够的时间回旅馆了。不过，幸好在附近找到了公共厕所。虽然语言不通，但是我们能看懂厕所的标志。

卫生状况算不上良好，厕所内部没有门或者隔板之类的东西。虽然是开放式的厕所，但是太郎无法忍耐便意，忘我地一泻而出，总算是没有酿成大事。

一旦在公厕方便过，以后就没问题了。太郎拥有了自信，每当便意袭来的时候，他都能大摇大摆地去脏兮兮的开放式公厕方便了。

非但如此，有一次他在桂林火车站附近的街上单独行动时，突然感到一股不同寻常的便意，偏偏附近又找不到公共厕所。但是，太郎灵机一动，溜到正在施工的大楼围挡内侧，置身建筑和围挡之间的狭小空隙中，迅速解决了内急问题。后来太郎坦坦荡荡地向我炫耀了这件事。

“尝试之后发现，也没什么大不了的啊！”

自从在桂林经历了这次室外排便以后，太郎的厕所恐惧症完全消失了。哪怕乘坐5小时、10小时甚至20小时不带厕所的长途汽车也没问题了。不知不觉间，他忽然意识到，自己每天上大号的次数和普通人差不多了，顶多一两次。

本应习惯旅行的我却在旅途中有两三次吃坏了肚子，引起了轻度腹泻，而太郎同样在当地的小摊儿或小饭馆吃饭，却从未引发肠胃不适。

虽然他精神方面有些脆弱，身体却很健壮，似乎属于擅长旅行的类型。当太郎自己意识到这一点时，他摇身一变成了旅行达人。

在旅途后半段，他曾在老挝和泰国边境附近与我分开行动，比我晚一天徒步穿越国界，顺利完成了一场小型冒险，和我在泰国的旅馆成功会合。

内心失控的场面

通过这次旅行，我发现太郎并非无论对谁都感到紧张或恐惧。太郎在他人面前感到紧张、无法控制自己内心情绪的场面，仅限于以下四种情形：

① 在广州和曼谷等大城市的繁华街道上，走在熙来攘往的人群中时；

② 当迎面走来一群日本的年轻男子时；

③ 当身材高大、体格匀称、看似不可一世的白人男子走到跟前时；

④ 当靠近朝气蓬勃的孩子们时。

虽然程度不同，这些情形在后来和我一起到海外旅行的茧居族当事人身上都有所表现，属于他们的共同点。

身处大城市中心地带的那种紧张感，估计各位多少也能理解吧。新宿和涩谷的人山人海中，上下班高峰时刻的电车里，应该有很多人感到不适吧。

尽管太郎在大城市里由于在人前紧张而频繁发作，在中国和老挝乡下逗留期间，他却几乎从未出现过在人前恐惧或紧张的反应。

关于在旅途中感到舒适的地方，太郎这样说道：

“在中国的西双版纳，与老挝接壤的地方，有一个叫勐腊的小县城，我感到非常舒适。县城郊外住着很多少数民族，有傣族和怒族等。在您的提议之下，我们造访了这个少数民族村落，我一点儿都不觉得紧张，反倒很感动。尽管是不速之客，他们却把我们领到家中，以茶水款待。我们夹杂着笔谈交流了很多，我一点儿问题都没有。在那之前，我从来都没想到，和素昧平生的人交谈竟然如此惬意、如此有趣。”

他说旅途最后到访的泰国孤岛的海边也很好。海边大多数都是泰国当地人，游客屈指可数。基本没有娱乐设施，只有用于住宿的木制小屋和小饭馆，以及洁白的沙滩和蔚蓝的大海。

“在日本时，周围的人看上去都忙忙碌碌的，感觉只有自己蜇居在家，不断落在后面，终日惴惴不安。可是在那座岛上，周围的人都无所事事，一整天什么都不干，时间仿佛停住了。哎呀，我第一次体验到什么叫放松。如果长期待在这种地方，总觉得会被治愈呀。”

当日本的年轻群体，尤其是精神焕发的男性团体靠近时，他的状态立刻变差了，这也是因为他在无意识当中将身为“蜇居族”的自己与那些精神十足的年轻男子加以比较，被嫉妒和嫌弃自己的念头打垮了。

但是，在旅途后半段，如果碰到的是单身一人旅行的日本男子，或者日本来的女性游客，他就能轻轻松松地和对方一起进餐、交谈好几个小时了。应该是在旅行期间逐渐成长起来了吧。

其实，像他这样在无意识当中“害怕日本人”的蜇居族当事人大有人在，关于这一点以后再讲。

第三种情形，在身材好的白人男子面前感到紧张，好像是因为他在个子高、体格健壮的人面前有一种强烈的自卑感。当身材魁梧的男子靠近时，他说感觉自己会被对方欺负、被伤害、被轻视。也许是因为他幼年时遭到了父亲的苛待，才在心里种下了这样的想法。

于是，当太郎产生这种情绪时，我当场留住那位让太郎感到压力的魁伟男子，简单解释了一下我们的情况，然后直接询问道："您有没有轻视这个人，或者想要欺负他？"我们在老挝和泰国各地，共向十几人确认过，他们全都回答说那是太郎产生的错觉。

到了旅行的最后阶段，太郎的想法终于有些通融了，他说："虽然我会产生这种感觉，但其实是不对的。"

当欢快活泼的孩子靠近时，他会感到不舒服，这是因为自己幼年时很不幸，过于在意父母的态度，一直勉强扮演一个乖孩子，总是忍耐，而那些孩子很幸福，在健康的父爱和母爱的浇灌下茁壮成长，他不由得将两者加以比较，产生了强烈的嫉妒之心，曲解对方好意而心生怨恨。其实他很羡慕，那些孩子和他不一样，过着幸福的童年。

不过，他说走在中国和老挝的乡间时，虽然亲眼看到那些欢快的孩子，却没有产生那种扭曲的嫉妒心理。这也许是因为，当时中国和老挝的乡下和日本相比物质上不太富裕，很难产生嫉妒的情感吧。

"回到日本以后，在外面漫步时，难以抑制地想结识很多人。实际上，后来我也认识了几个新朋友。不过，反过来，一回到日本又会逐渐变得过于在意世人的眼光，感觉又会回到原来那种不好的氛围和状态中。真想快点儿改变生活方式啊。"

现在，太郎在东京市内某个地方过着单身生活。他没有接受父母给的生活费或援助。虽然和以前交往的女朋友分手了，后来好像又有了新的女朋友。

突然愤而辞职

“闭门不出的原因”

阿保家位于枥木县南部的住宅区，这里和市中心的生活不同，出门就要开车。

虽然是住宅区，他家门口就有一条四车道的国道，车辆川流不息。路对面并排着几家大型弹珠机店。

大约五六年前，我开始去他家访问。在我去访问之前，保健站和援助团体的人就去家访过，不过访问一两次就放弃了。他父亲70多岁，母亲也将近70岁了，双亲都感到束手无策。

阿保和他父母一家三口生活在一起，另外还养了两只猫。我开始访问阿保时，他35岁。

阿保高中毕业以后，又读了大专，在东京的一家快递公司工作了一段时间。他在东京郊区独自生活了1年左右，据说当时也曾交过两三个女朋友。

但是，有一天因为一点小事，他与单位同事吵起来了。事情的起因是同事不打招呼就拿走了他的剪刀，一直不归还，因为是私人物品，阿保就说了他几句。单凭这一点来看，阿保并没有错。

可不知为何两人扭打起来了，阿保无意中甩下一句狠话:“这种破公司，老子不干了!”结果真的辞职了。上司当然挽留过他，可是阿保说：“大丈夫一言既出，岂能反悔！”扔下这句话就离开了公司。

其实容易茧居的年轻人偶尔会有这样的倾向。他们很容易钻牛角尖，走极端，非黑即白、非友即敌，要不说过、要不没说，二者只能择其一。而且，越是这样的人，越容易被自己说过的话摆弄，只能蠢笨地生活下去。他们自然也明白，作为一个走上社会的人，这种做法很幼稚。但是，明知如此却无法控制自己。

后来，提及辞职一事，阿保这样说道：

“现在想来，当然后悔呀。因为辞职以后很麻烦。比如钱的问题，和女朋友的关系也破裂了。不过，狠话放出去了就得照做，我觉得这事属于情非得已。

“但是，我原以为辞职后马上就能找到别的工作，也能很快交到新的女朋友。然而没想到我竟然会一直茧居在家这么久……”

不知道为什么，阿保辞职以后，就待在公寓里寸步难行了。两三个月时间里，除了购买食物以外，根本不出门。后来交不起房租了，公寓的房东有些担心，就联系了他家人。现在回顾当时的情形，可能是陷入了某种抑郁状态。

他的父母很担心，觉得必须想点儿对策，半劝说半强制地将阿保带回了家，同时解除了租赁合同，将可能用不上的家当都处理掉了。

回家以后，阿保正式开始茧居生活。打那以后，这种顽固的茧居状态持续了15年。

楼梯上设置的屏障

阿保家一楼包括厨房共有3个房间，年迈的父母睡在一楼。二楼有2个房间，其中一个房间基本只用来存放杂物。阿保就在二楼自己的房间里茧居。

家人之间几乎不会交谈。他父母早上7点左右起床，在附近一个小菜园里干点儿农活，母亲白天会出去打零工，吃过晚饭后一般晚上9点左右就寝。

阿保等父母睡下以后，晚上9点左右下楼，吃父母留给他的饭菜，有时候看报纸。在厨房看深夜电视节目，泡个澡，与他喜爱的小猫尽情嬉戏之后，阿保便开始他的大工程——大扫除。

阿保每天都会好好打扫家里的各个角落，包括浴室、厨房、天花板、墙壁。作为最后的收尾项目，等他父母醒来以后，他再打扫父母的卧室。然后，到了上午9点左右，他便回到二楼自己房间里待着。

早上和父母碰面时，偶尔会打个招呼，不过基本上没有语言上的交流。但他坚持自己给猫喂食，从不间断。

爬楼梯回到二楼自己的房间时，他会做一件怪异的事。

首先，他在楼梯中间部位竖起一块榻榻米大小的胶合板，把楼梯堵住。阿保站在上方，当竖起板时，他的身影完全被遮住了。板不只一块，而是两块，他将其嵌在楼梯两侧的沟状部位，牢牢固定住。他父母说："简直就是路障呀！"

顺着楼梯继续往上走，靠近二楼的地方也堵住了，就像从上方塞住洞口一般，安全锁定。

这两重屏障组合起来之后，年迈的父母就没办法凭自身力量爬上二楼了。据说阿保大约5年前突然构建了这样的屏障。他父母很害怕，都不敢彻底盘问他制造屏障的原因。而且，他们问过好几次，都被无视了。

在旁人看来，阿保茧居的二楼部分，就像用坚固的双重屏障隔离开的“堡垒”。

在我家访时，这个奇形怪状的屏障还在。如果构建这个真的是为了阻止外部的侵入者，那么当前阿保的家就相当于战场上的阵地。

尽管如此，我还是以每月一次的频率开始了对阿保家的访问援助。但是，阿保的态度很坚决，根本没有想和我见面的迹象。即使我在阿保醒着的时候去，他也固守在自己屏障内的堡垒里，家里悄无声息。关于阿保不愿意见我的原因，他母亲解释如下：

“他也曾见过几次来访问的人，但是都没什么用。所以，他觉得反正这次也是徒劳，嫌麻烦，就不想见了。总之他忙得不得了。”

构建屏障的真相

估计各位读者也会感到别扭吧，明明整天茧居在家，阿保为什么会说“总之很忙”呢？其实很多长期茧居的当事人都会像他这样，经常说“我很忙”“没空干其他事”。

在常人看来，一直茧居的人平时看似“什么都没做”“什么都没想”。不过，其实这往往是误解。

长期茧居的当事人为了尽量避免自己在茧居期间心理

扭曲，有时候会在一天的日程表中安排各种各样的“任务”或“作业”。经过大量肌肉训练，筋骨强健的茧居族出人意料地多。有的人一味地重温上学时做过的习题集或者重学一门外语。也有人浏览多个网上论坛，总是一板一眼地发表评论或写回复。还有人作为网游之神长期称霸游戏世界。有时候这些会形成一种“强迫障碍”，因为忙于完成自己每天的任务，所以根本没有空暇上班。

阿保最优先完成的“任务”是每天打扫卫生、照顾宠物、读报。不知不觉间，坚持完成任务成了他每天的目标，他不再考虑参加社会活动或者回归社会了。只要持续完成任务，就能体会到相应的成就感，内心便可以获得暂时的安定。

正因为长期处在过于孤立的生活状态下才会变成这样，一旦脱离这种孤立状态，随着日常生活中与别人交流机会的增多，自然还会有变化的可能。不过，由于每天孤立完成的任务量太大，要耗费大量时间，所以很难凭自身力量脱离这种状态。

归根结底，当事人自身的心理状态是不想打破、不敢打破这种循环，很难改变生活状态。一旦打破当前的循环，就不知道以后自己该做什么。强迫性行为和思维已经浸到骨子里，全都化作自身的一部分，根本不可能切割开。

在与这种状态下的当事人接触时，可能需要理解被那些扭曲的日常“任务”所支配的当事人，决不能否定他们。话虽如此，如果我也陪着他们做同样的事，有时候会放大对方扭曲的日常和价值观，造成适得其反的效果，需要注意。

有的情况下，也可以采取坚持正论的接触方式。不过，一旦这样做，当事人的心理状态有可能变得不稳定，很难维持日常生活。重要的是事先制定细致妥善的援助方案。

也就是说，茧居倾向较强的人一直坚持做自己认为正确的事情，不能允许这些事突然被当作毫无价值的东西。如果受到逼迫，就会陷入抑郁状态，言行变得粗暴，带有攻击性。仅靠家人根本无法应付这样混乱的局面。

我开始访问之后大约过了1年时间，阿保突然出现在我眼前，说想和我交谈。好像之前我访问时，在一楼的客厅里跟他父母聊天，聊了很多三人组合的女性偶像团体的话题。阿保想知道我和他父母聊了什么内容，就把耳朵贴在二楼自己房间的地板上偷听。阿保非常喜欢那个女性偶像团体，想和我聊一聊。他不可能跟年迈的父母聊这种话题。

我们决定在二楼阿保的房间里单独交谈。于是，他把我带到了屏障内侧的堡垒中。

“咦？”

我满以为阿保的房间里会摆放着各种防范器具，结果那只是一个简约整洁的房间。

一开始，我们在那里坦率地聊了两三个小时偶像、政治、经济等方面的话题。

见了几次以后，我试着问了一下阿保构建屏障的原因。

“您是说屏障吗？是指这个吗？根本不是呀。您要是这么想，我可就太冤枉了。我完全没有将父母拒之门外的意思。如果需要上楼，跟我说一声的话，随时都可以。

“这块板是为了防止猫从一楼爬上来。我家的猫很活泼，经常爬到二楼随地撒尿。这样一来，这里就变得又脏又臭。一旦变脏了，蟑螂就可能趁机而入。

“我特别讨厌蟑螂，每天打扫浴室和厨房等用水的地方，就是为了防止蟑螂入侵。我家门口也常备防止蟑螂入侵的药物。我自己定期检查、替换。”

阿保的房间根本不是什么战场。

确实他可能有点儿强迫性洁癖。不过，他丝毫没有设置屏障和堡垒之类的危险意图。

后来我们又聊了很多，他有所变化，现在有了离开家独立工作、自己谋生的想法。实际上，他有时候会在年末年初或者盂兰盆节时陪父母回到老家新潟，在那里过夜。虽然这种事极为偶然。

虽然和刚开始访问时的诊断截然不同，也许车到山前必有路，最终一切都会变好。

变色龙般的茧居族

“我家方圆30公里内都是危险地带”

那时我刚开始访问援助没多久，就遇到了这样一名茧居族当事人。

他就是当时30岁的嗣男。

嗣男读完高中、大专以后，离开老家埼玉，在东京租了一间公寓，在一家IT公司就业，担任系统工程师。他属于那种不会拒绝的性格，而且总是希望得到周围人的认可。

"所以我最早到公司上班，最晚回家。早上8点左右来到公司，一直待到晚上11点左右。我坚信自己别无选择。但是，毕竟不是一直有工作要做，所以我干完自己的活儿以后，明明已经无事可做了，却盯着电脑画面，打了字又删掉，一直硬撑着重复做这些事。我始终在公司里扮演笑容满面、朝气蓬勃的形象，大约过了半年，突然感到疲惫，做什么事都提不起精神来。"

他总是装出精力旺盛、比别人加倍努力工作的样子，这反倒害了他，一旦请假休息，就产生了绝望的心情，怕其他员工给自己打上窝囊废的烙印。这样一来，越发不敢去上班了。后来他终于沦落到辞职的地步，躲在公寓里不出门。

"然而有一天，有几只以前从未见过的大苍蝇闯进了我的房间。那些苍蝇体型非常肥硕，足足有2厘米吧。"

那些苍蝇其实是在嗣男隔壁房间里大量繁殖出来的。过了没多久，住在嗣男隔壁的人被发现已经是一具尸体了。

"实际上，隔壁那个人也辞职了，似乎一直闷闷不乐地待在自己房间里。因为他迟迟不交房租，房东过来找他，才发现已经死了。据说已经死了好几个月了。聚集在人的尸体上的苍蝇可不是一般的苍蝇啊，非常巨大。它们飞到了我的房间里，真是令人毛骨悚然。"

这样一直闭门不出的话，自己也会和那个人一样死掉吧。嗣男感到害怕，就回到了位于埼玉县东部的家里。

我受他父母的委托开始家访时，他已经在自己家二楼茧居9年了。嗣男也和他父亲脾性不合。他父亲信奉的理念是“不干活就没饭吃”，所以每次见到嗣男都会指责他偷懒。

20世纪90年代茧居的当事人，大多都有被父母责难或漠视的经历。那可能是因为父母那一代经历了经济高速增长期，充满了自信，而孩子这一代由于泡沫破裂后经济不景气，经历了敏感的时期，两代人之间有代沟。反观最近的长期茧居族，虽然也有遭到父母责难的人，不过不太多。反倒是陷入茧居状态以后仍然被父母温柔相待。相比之下，由于受到过度保护、过度干涉等精神束缚而陷入茧居状态的人似乎正在大幅度增加。前者往往内心有很多伤痕，而后者的心理明显存在幼稚的成分。

总而言之，茧居族的家庭环境不同，援助方与他们接触的方式也会有所不同。

嗣男想尽量避免和父亲碰面。尤其是父亲退休后一直待在家里，他的这种想法便越发强烈了。所以他每天只有吃晚饭的时候下楼一次，而且是在父亲用餐之前，让母亲提前准备好，自己先吃。等他父亲吃晚饭的时候，嗣男已经洗完澡，躲到自己房间里了。嗣男无论如何都不想和父亲碰面。

这几年里，嗣男活动身体的运动只是一天一次的上下楼。很多时候他不吃早餐和午餐，不过他在自己房间里暗藏了很多零食，所以不用担心食物问题。母亲担心他，便在楼下准备了一些零食，全都被他拿到自己房间去保管了。

在自己房间茧居期间，嗣男每天都贪吃零食。因此，原本饭量小、身材苗条的嗣男在和我见面时，已经成了圆胖体型的身材，连相扑运动员都自愧不如。

嗣男似乎也觉得这样下去不行。他母亲告诉他有我这个援助者时，他就答应见面了。不过，他说不想在自己家以及附近见面。嗣男提出的条件如下：

“想在我家周围30公里以外的地方见面。如果是方圆30公里之外，可以找个安静的咖啡馆。”

正好离我家最近的一个车站位于距嗣男家30公里的圈外。于是，我们约好在那个车站附近一家比较雅致的咖啡馆碰头。

“不超过3天的话，我可以像明石家秋刀鱼那样”

第一次和我见面时，嗣男一副笑容可掬的样子。后来一问，他说全都是装出来的。

“我没有真正的自己。所以，我会根据对象，扮成对方喜欢的样子。不过，问题在于对象不止一个，或者说有很多人的时候。这种时候，我会感到纠结，不知道到底该配合谁。如果是在工作单位，姑且讨好最有权力的上司就行，而和朋友等私底下交往时会让我感到困扰。所以我不会同时跟很多人保持深交。

如果是连续不超过3天的话，我也可以像明石家秋刀鱼[①]那样爽朗、能言善辩。不过，3天就是极限，之后会累得一周左右都动不了。一直靠演戏过日子，真的很累呀……”

---

① 日本著名落语家、搞笑艺人、演员、主持人。

事实上，他在和网上认识的志趣相投的伙伴线下聚会时，简直就像爱交际的艺人那样，又开朗，又能说会道。

我问嗣男最近有什么烦恼，他说：

“还是体力问题呀。我身高1米75左右，体重大概120公斤。以前一直保持在70公斤以下的。今天来这边时，在车站只爬了一层楼梯，就累得上气不接下气、心脏怦怦直跳。感觉要晕倒，只有时不时休息一下，才能爬上坡。”

这是其他长期茧居族当事人身上也常见的现象。虽然有的当事人在茧居期间锻炼身体，但是不锻炼的人数更多。尤其是在拿零食当饭吃的当事人中，有不少人处于过度肥胖状态。而且，一旦他们陷入肥胖状态，就越发不愿意外出了，他们不想在别人面前暴露自己变丑后的样子，甚至可能出现类似身体畸形恐惧症的症状或倾向。

在和我见面之前，嗣男曾去看过两家心理内科和精神科诊所，两家都在治疗抑郁症以及茧居问题方面享有盛誉，他坚持治疗了好几年。不过，基本没有什么效果或变化，因此他就放弃了，茧居状态反倒变得更严重了。

那么，为什么你母亲一提，你马上就同意和我见面了呢？

“那是因为母亲说您会带着茧居人士一起去海外稀奇的地方旅行。我很早以前就想去各种地方旅行，但是不知道为什么一直忍着没去。我又不会外语，心想反正是办不到吧。但是，如果能去的话，我还是想去看看的。而且，我也想离开家生活。我们家，尤其是我爸对我很凶……”

迄今为止，在我接触过的“重度”茧居族当中，嗣男是唯一一个经常主动提出想去海外的人。

后来，我和嗣男毅然决定走陆路去越南、柬埔寨、泰国转一圈，这段故事我想在第6章讲述。

尽管有诸多困惑，我的茧居族援助活动还是在反复试验、不断摸索中开展起来了。

第6章

与茧居族漫游亚洲

漫游海外的好处

这样做虽然效率不高，但我在和年轻的茧居族漫步亚洲时，总是尽量安排成只有我们两个人参与的“自由旅行”。

目的地和日程全都等到了下一站再做决定。也可以在当天或者出发前变更目的地，当天或者出发前变更计划实际上是常有的事。

很多茧居族在人生中几乎从未体会过自己做决定、自由行动的感觉，这是他们的共同点。正因为如此，我才希望他们和我一起漫步亚洲时尽情地体验“自由”。

自由旅行的好处在于目的地和日程全都可以按照自己的喜好来决定。但是，如果我把那些茧居人士汇聚在一起，都带到东南亚，他们恐怕会互相牵制，或是依赖某个人，很难获得自行决断的自由感吧。在真正的自由旅行途中学到的知识和经验，对于年轻人身心的成长有巨大的效果。

我的理想是，希望他们有朝一日能独自到世界上任何

马来西亚吉隆坡郊外的码头

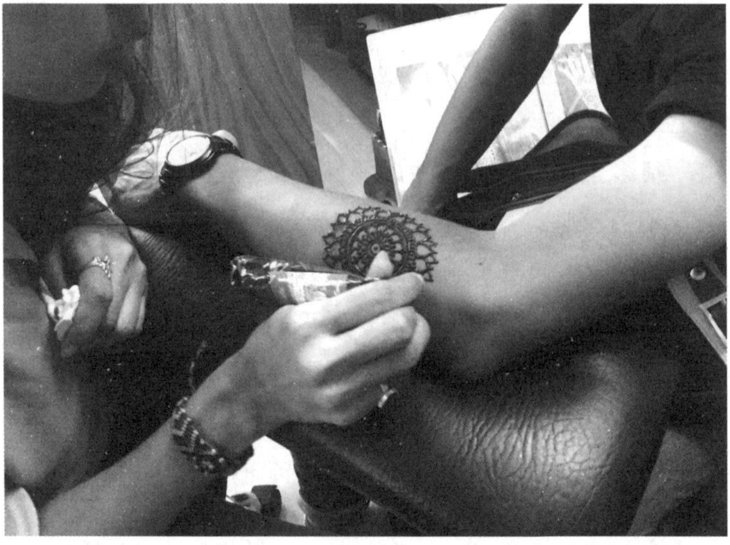

2016年，摄于印度科钦。同行的茧居族也在当地体验了海娜纹身

一个地方自由地翱翔。到那时候，估计他们在世界上任何一个地方都能独立生活下去。

去海外之前会面临很大的障碍，但是一旦出去了，就不用担心有人用奇怪的眼神看自己，也不用注意自己的形象，无需自我介绍，这些烦恼基本都会消失。所以反倒能够轻轻松松地和普通人正常接触。

突然和年轻的茧居族一起在日本国内漫步，往往很难顺利进行，收获也很少。那是因为，在民宿或家庭旅馆住宿时，和其他游客聚到一块儿的话，马上就会出问题。

首先是自我介绍时，他们不知道该怎么说、怎么回答，感到手足无措。只是诚实地回答“我在茧居”的话，会让他们感到痛苦。因为他们的自尊心不允许这样。如果对方投来“冰冷的目光”，他们会觉得遭到了藐视或取笑，会很难过，郁闷的心情难以消除。

话虽如此，也不能撒谎说自己“是自由职业者”或者“从事运输行业”，如果对方深入问下去，就等于给自己挖了个大坑。住在同一个旅馆的游客中，或许碰巧有人从事过运输行业。

那么，面带礼貌的微笑，自我介绍时只说自己的名字，然后保持沉默行吗？但是，这样一来就无法加入到谈话的圈子里，容易孤立。自我介绍是展示自己的最好时机，也是交朋友的最佳机会。他们希望能公布一些跟自身相关的“好消息或有趣的信息”，稍微炫耀一下。

因此，为了能够在日本国内正常对话，在这之前他们最好能掌握一定程度的社会性和沟通能力，另外至少要有两三个可以向他人炫耀或者吸引他人注意的经历。

为了达到这个目的，有时候干脆去一次海外效果更好。海外本来就有形形色色的人，我们又是外国人，即使行为略有些不自然，也会被包容。至少别人不会用奇怪的眼神看你。因为语言不通，也不需要硬着头皮主动打招呼。反倒是对方经常会热情主动地打招呼，我们被动一些也没关系。自我介绍时，只说名字和国籍就够了，没必要谈及工作或简历。习惯以后就会减少很多精神压力。

在此基础上，如果能遇到两三件一般的海外游客经历不到的趣事就更好了。回到日本以后，万一碰巧需要自我介绍，就可以讲述在海外经历的趣事。如果讲得有意思，周围的人就会带着兴趣认真倾听。估计也会有人夸奖说“好厉害啊”。

这样一来，当事人既能守住自己的自信和自尊心，又容易结交伙伴和朋友，还不用撒谎，万事OK。

虽然未必每次都能这样顺遂，不过习惯之后总会有办法应付过去。日本社会非常在意别人的目光和体面，有长期茧居经历的人要想重新走上社会、找到自己的容身之处，海外经历应该算是一个有效的选择。

话说回来，既然在海外找到了容身之处，也就没必要回日本了……

有生以来头一次真心的笑容

怒气爆发的冲动

茂雄35岁，他已经茧居15年了。虽然每个月会外出购物一两次，但是自从高中毕业以后，除了家人之外，他没有和别人单独交谈过。

我第一次去茂雄家访问，是去旅行前一年的事。也许他感到了危机，我开始家访几个月才见到了他。这算是早的了。

茂雄的内心深处积攒了好几重愤怒的冲动。无论在学校还是在家里，茂雄都没有受到过会给他造成巨大心理创伤的虐待或暴力倾向的对待。

尽管如此，他的内心深处却受到了很深的伤害，这也是让他陷入茧居状态的一大原因。我估计，茂雄心底的强烈的怒火冲动，是经过以下过程积攒起来的。

首先，长期以来周围的人都无视他。似乎在学校和家里也没人关心他。他的父母是双职工，关系很差，总是只顾自己吵架，把孩子抛在一边，还经常不在家。他在学校里也很不起眼，老实温顺，好朋友不多。倒不是没有过好朋友，只是运气不好，和他关系好的同学接连转学走了。

这种持续的无视或不关心和疏于照顾（弃养等常见的虐待方式）一样，不断地给茂雄的内心带来了伤害。因此，茂雄心里的创伤不断膨胀变大，就像很多薄膜重叠在一起，堆积成了心理创伤的年轮蛋糕。

据说茂雄的身心症状和PTSD类似。但是，他去心理内科或者咨询师那里就诊时也没发现什么。有人对他说“很难治”。一般来说，PTSD都是因为经历过战争或灾害，才形成了巨大的心理创伤。而茂雄内心的创伤像年轮蛋糕那样，是由点点滴滴的创伤不断累积起来的。

如果是一般人，也许心理创伤不会累积到这种程度。但是，茂雄从小就不灵巧，容易被孤立，所以即使遇到不愿意做的事，也不善于推托，只能一直积攒起来。

面谈时，我的解释似乎戳中了他。我对他的内心受到了很深的伤害一事表示认同，所以他似乎在我面前有些安心。

茂雄内心的创伤有时候会突然迸发出来，化为对身边的家人或外人的暴力行为，或者是对自己身体的自残行为、自杀冲动。

像茂雄这样茧居倾向比较强的人，往往会用更强大的“紧张”强行压制自己内心的巨大创伤。在他有足以压制的余力时，周围的人说什么他都肯听，看上去是个“乖孩子”。但是，当这种压制能力逐渐达到极限时，他会感到疲惫不堪，最终身体就不听使唤了。当紧箍咒松开的那一瞬间，愤怒的情绪便像决堤的拦河坝那样，奔涌而出。

茂雄总是压抑自己的“真心”，一直忍耐。正因为如此，我才想珍惜他那忍耐的间隙中流露出来的些许“情绪”和“不满”。

于是，我和茂雄一起动身去泰国旅行了。

用泰拳抑制怒气发作

那是刚到达泰国曼谷时发生的事。繁华的街道上到处都是来自日本和欧美的年轻游客，茂雄亲眼看见了街头的人流和热气，突然就迷失了自我。

他急匆匆地逃回宾馆，用手肘不停地砰砰撞击室内的水泥墙，手肘表皮破裂了，血都渗出来了还不肯罢手。

“混蛋！他妈的！”

我和他同处一室，他的那种行为持续了好几分钟，自然被我尽收眼底，不过茂雄正在气头上，完全忘记了我的存在。等他发泄一通，歇一口气的时候，才意识到我就站在旁边。于是，他慌里慌张地停止了自残行为。

“对不起，对不起……”

我没有责备茂雄，也没有阻止他的行为，只是静静地听他倾诉。

“我心里明白，可是怒气达到一定程度，就不受控制了。我所能做到的，顶多只是在怒气发作前拼尽全力逃离现场。”

就算盲目地阻止他发怒的冲动，他的内心也会产生强烈的紧张感与疲惫感。因此，我想在不阻止他的冲动的前提下解决这个问题。

正好茂雄之前就提过想体验泰拳（泰式拳击）的事，第二天我便带他去了健身房。

茂雄从早上到傍晚，一直跟着教练，踢了很久沙袋，甚至完成了实战演练。他本来就是格斗迷，看上去玩得很开心。

“不知不觉间怒气就发泄出去了，我突然发现那种冲动消失了。”

多亏了泰拳，茂雄神清气爽地离开了曼谷。接下来计划去泰国北部。

离开宾馆时，我对茂雄说道：

“对了，你打墙壁时留下了一点血污，人家另外收了清理费，这部分钱你自己出哈。”

自己决定行程

由于是自由旅行，旅行的目的地可以自由决定。话虽如此，茧居族当事人没有信息和经验，很难让他们全权决定。因此，具体说来，我采用如下方法决定目的地。

首先，我总是给茂雄提供几个候选地点，作为旅行的下一站目的地。自然也包括我所了解的详细信息。

在这些候选地点中，除了当初旅行计划要去的地方，肯定还包括无需勉强自己、轻轻松松可以到达的近处，以及立即回国的路线，还有需要费很大力气才能到达的远方。候选地点一般是3到6处。当然了，这里面肯定不包含超出茂雄极限的选项。

另外，每三天中我会安排一天没有任何计划的休息日。

至于选其中哪一个作为目的地，基本都由茂雄做决定。我负责缩小候选范围，茂雄从中选择，一直重复这样的过程。等茂雄积累了技巧、习惯了旅行之后，我还会给他安排在海外单独行动的日程。

茂雄虽然没有选择最艰难的行程，却也没有轻易选择近处或者回国。他也算是做了一些挑战。在完成旅行计划之后，他能够逐步增强自信。

通过不断地完成计划，他会自然而然地掌握旅行技巧。例如怎样寻找好的住处、怎样寻找好吃的饭馆、不知道价格时怎样购物、怎样找厕所、出发前需要做什么、出发后应该做什么、洗衣服的窍门、在海外如何慢跑、怎样在别人家中留宿等等。在旅行的过程中，他的“经验值”和“适应能力”都确确实实得到了提升。

通过按摩克服“恐人症”

茂雄在人前很容易紧张。所以他在别人面前总是无法放松，一直忍耐。尤其是面对异性时，这种倾向会升级。当紧张情绪超出极限时，他便会不顾一切地逃走。

逃走本身绝不是坏事，有的人认为逃跑是一件羞耻的事情，一味地忍耐，最后崩溃。当然了，不分时间场合总是逃避也不行。但是，茂雄在人前紧张时，这种逃避的倾向很强。他说道：

“反正我一和别人近距离接触就会感到紧张。现在因为和你熟了，和你同住一间房也算是没问题了，不过要是和陌生人同住一个房间的话，恐怕我很难继续旅行下去。乘坐电车或者公交车的时候我也会感到难受，尤其是女性靠近我时，我会紧张得受不了。”

不适应的旅途坚持一周之后，每天持续的紧张和疲惫会让身体变得沉重。碰巧我们来到了泰国北部的山区，决定一起体验一下著名的泰式按摩（绝非风俗店里提供的那种性服务）。

泰国北部是按摩的发源地，泰式按摩店鳞次栉比。收费很便宜，1小时大约500日元，特点是像摔跤的关节技那样身体密切接触，舒散全身的经络与肌肉。不过，我个人感觉会让肌肉感到疼痛，有点儿害怕。因此，我往往只要求按摩脚面和足底。

茂雄长期处于疲惫状态，我让他在一天中体验了三次泰式按摩。上午、下午、傍晚各一次。如果做完全套的话每次要2个小时，不过可以按照个人喜好选择按30分钟或1个小时。

茂雄本来很怕按摩，他无法接受别人触碰自己的身体。不过，我劝他说“好不容易来一次泰国，怎么能不体验一下著名的泰式按摩呢”，他就很不情愿地跟我去了。

效果是显著的。

给我们按摩的大多数是女性，因为收费便宜，很多技师年龄偏大，顾客中男性和女性各占一半左右。不是那种单间，而是在宽敞的房间里并排铺着8张垫子，可以容纳8人同时按摩。

由于是第一次体验泰式按摩，我发现茂雄紧张得全身肌肉僵硬。一开始女技师被他那没见过世面的样子逗得直笑，比手画脚地让他放松躺下。茂雄总算明白她的意思并照做了。真正开始按摩时，当对方的手接触他的身体的那一瞬间，茂雄不由自主地像虾子那样将头和腿向后弯。

但是，在他的手和脚、脖子、背挨个被按摩的过程中，可能是消除了紧张吧，后半段他打着呼噜睡得很香。他已经完全放松下来了。

第一次按摩结束后，我问了一下茂雄的感受。

“哎呀，一开始我才不愿意让别人碰我的身体呢，可是按着按着我就感觉像被母亲紧紧搂住了，特别温暖……结果我就放心地睡着了。这可是我有生以来头一次在别人面前放松下来睡着。吓我一跳。按摩店的人总是用温暖的笑容迎接我们，虽然语言不通，他们还是会跟我们搭话，所以我不觉得孤单。”

那一瞬间，茂雄心中对按摩的恐惧心理荡然无存了。他反倒对一天三次的泰式按摩充满了期待，开始享受这个日程安排。接下来的一周，虽然我们去了别的地方，茂雄还是坚持每天做两三次泰式按摩。

以前茂雄一看到别人，就紧张得绷紧了身体，然而现在即使他在街上与别人接触或者擦肩而过，也能保持平静了。

实际上，有时候按摩和桑拿在促进血液循环、防止心情低落方面有效果。有些茧居族当事人会通过按摩或桑拿来预防心情沮丧。

在有鲇鱼的河里漂流半天

从泰国北部到老挝需要跨越湄公河。

我和茂雄来到了老挝中部的万荣。我给他在流经这个小城的湄公河支流上安排了一次体验活动：抓住卡车的内胎漂流大约12个小时。

湄公河的干流在宽的地方两岸间距超过1公里，在距离河口4 000公里以上的地方，河宽也足有几百米，河底潜藏着长达七八米的大鲇鱼。当然，鲇鱼是肉食动物。

“啊？你疯了吗？我会死的！”

“没事，我陪着你。”

“……”

虽然这事让茂雄变得有些急躁，其实在万荣用救生圈顺流而下，是当地非常有名的一项游玩方式，即使五六岁的孩子也可以放心参加。

流经万荣的小河说到底算是支流的支流，没有危险的生物。地势十分平缓，就算漂流12个小时，顶多也只能前进三四公里。有的地方漂流速度比婴儿爬行还慢。

交几百日元，就有人把我们从街上送到出发地点自然公园，也租给我们卡车内胎做的救生圈。由于小河流经县城，我们只需要在旅馆附近的河滩上岸归还内胎。

山间的小河清澈干净，水深及膝左右。河两岸是小树林，随处有一些咖啡馆或小饭店。肚子饿了的话，就坐在救生圈上用手划水，去岸边的咖啡馆或小饭店吃点儿东西。因为漂流时间很长，所以我们会把钱、零食，还有书和数码相机装进塑料袋随身携带，在大自然中悠闲自在地随波逐流。

茂雄刚开始挑战漂流时看上去忐忑不安，结束以后却目光灼灼地大喊："太棒了！明天再漂一次吧！"

看来他又多了一个回国以后可以炫耀的话题。

因为不会笑而窒息

旅行开始后过去两周了，行程到了后半段。

我们当时住在泰国北部清迈的一家旅馆里。白天刚从与老挝接壤的地方坐大巴过来，有点疲惫，而且已经过了晚饭时间，我们决定在旅馆的餐厅兼酒吧里吃点东西。

所谓旅馆是指那种类似民宿的家庭旅馆，在泰国北部的这种旅馆里一般会配有供应食物的设施，不知道应该叫西餐厅还是小饭馆。在日本住旅馆的话，旅馆会给客人详细安排吃早餐和晚餐的时间，而在我们这次旅行所住的旅馆，可以在任意时间点自己想吃的菜，而且价格很便宜。

既有被称为宿舍的廉价合住房间，也有单间。既有带淋浴和厕所的稍豪华的房间，也有共用厕所和淋浴的单间。如果住进设施齐全的房间，有茧居倾向的人就会懒得出门，所以我推荐住在稍微不方便的房间里。这样可以尽快习惯旅行，与别人邂逅的机会自然也会增多，适应能力也会自然而然地得到提高吧。

话虽如此，重要的还是选择适合当事人的旅馆和房间。在这次旅行中，我和茂雄选择的是带有淋浴和厕所的双人间。毕竟茂雄是第一次到海外旅行，很难一下子实践中级或高级旅行计划。旅行归根结底是旅行，不是修行。

我们在那家旅馆的餐厅里谈笑风生地用餐时，茂雄的笑声突然就停不下了。2分钟、3分钟……5分钟……茂雄的笑声根本没有要停的迹象。不仅如此，他笑了5分钟后，发出了这样奇怪的声音：

“哈哈哈哈，我、我喘不过气来了！呼哈哈哈……”

他笑得太厉害，似乎找不到换气的时机了。可是，他平时也经常笑啊，到底是怎么了呢？顺便交代一下，茂雄和我滴酒未沾。我酒精过敏，一点儿都不能喝，茂雄也没有饮酒的习惯。

5分钟过后，他仍然笑个不停。似乎换气仍然不顺畅。他捧腹大笑，从椅子上跌落，时而坐在地上，时而原地打滚。即使这样还是止不住笑。

周围的客人似乎误以为茂雄是喝醉了酒才兴致高昂。实际上，他看上去确实笑得很开心。

过了将近10分钟，他的笑声终于止住了。

“啊！很开心，但是也很累……”

和我交谈的时候，他似乎情绪逐渐高涨，特别开心，或者说很幸福，所以才开始笑，可是他说跟往常的笑完全不同。

“老实说，以前笑的时候都是因为莫名觉得必须笑，虽然并没有勉强自己笑，笑的时候还是很在意周围的气氛。可能是一种讨好式笑容的延伸吧。虽然我看电视的时候也笑过，但是这次的笑和那种独自发笑根本不一样。

“刚才的笑是一下子自然涌上来的笑。打了我一个措手不及。我还没准备好呢，笑声就自作主张地发出来了，所以我都没有工夫喘气了。单纯地因为可笑才笑，这是我有生以来头一次啊。我从来没有真正笑过，所以不会笑呀……”

后来他又大笑过几次，逐渐能够顺利换气了。确切地说，从那以后茂雄变得爱笑了，不再在意周围的人了。

在旅途经历这种“第一次真笑”的茧居族当事人不止他一个。

信吾（23岁）从读小学的时候就经常躲在家中不去上学。那是我和他一起去冲绳旅行时发生的事。

我们一起参观了首里城的博物馆。有一个叫“切布尔风狮爷”的展品。

所谓风狮爷，在冲绳是用来辟邪的东西，相当于日本本土的狮子狗。在琉球[①]方言中，切布尔是“头”的意思，切布尔风狮爷就是指头部超大的可爱风狮爷。顺带说一下，

① 琉球为冲绳的别名，来源于其古地名。

据说它是《超人七号》[1]中登场的切布尔星人的原型。

看到这个切布尔风狮爷后，我开始做以上解说，他突然就笑起来，和茂雄一样笑个不停，而且小声嘀咕说"我……我喘不过气来"，然后倒在地上一直笑。

几分钟后，他终于平静下来，这样说道：

"哎呀，太好玩了。切布尔风狮爷和切布尔星人的形象在脑子里重合的那一瞬间，突然就觉得很开心，所以笑起来了。这种事还是第一次。这可能是我第一次发自内心地笑。原来笑的冲动会自然而然地一下子涌上来呀。我的气息接不上来。应该怎么做，才能边笑边喘气呀？"

双相障碍（躁郁症）患者在躁狂状态时，明明没什么好笑的事，却频繁地发笑。不过，茂雄和信吾都去医院就诊过，但是并没有诊断出双相障碍。

后来，两人都不再在意周围的目光，能够无拘无束地笑了。

这两个小故事都发生在七八年前。茂雄和信吾两人现在都是独自生活，没有跟父母要生活费。茂雄近期可能会结婚。

恐惧日本人的忧虑

察言观色的地狱

第5章中出现的嗣男后来又和我面谈了好几次，跟我

---

① 又名《赛文奥特曼》，是1967年到1968年期间在TBS电视台播放过的特摄片。

讲了很多事。

嗣男在茧居之前，一直察言观色，想要读懂周围的气氛。最终，他对此感到疲惫不堪，便闭门不出了。

嗣男很擅长配合周围的人。如果有必要，他可以变得和本来的自己完全相反，表现得像明石家秋刀鱼那样活泼开朗、八面玲珑，3天之内的话没问题。

但是，读书的时候倒也罢了，参加工作以后，在公司打交道的人增多了，还会产生各种责任，也没有避风港。走上社会以后，人际关系的量和质都和以前不可同日而语。他的工作又是系统工程师，那是极为辛苦的行业，加班是家常便饭。

“一切都不适合我。所以我回到了老家，闭门不出。”

但是，回到老家也有问题，他必须和这个世上最令他讨厌的父亲住在同一屋檐下。偏偏他父亲退休了，天天待在家里。结果嗣男的茧居状态不断恶化。

为了扭转这种局面，嗣男决定和我去东南亚。我们计划从越南入境，走陆路前往柬埔寨和泰国，从泰国返回日本。去程用的是往返越南的廉价机票，我们把返程机票撕了，打算到达曼谷后重新购买返程机票。当时这样做费用更低。

我们从越南中部的岘港入境，那是个舒适宜居的海滨城市，距离世界文化遗产会安古镇也很近。

嗣男不愧是察言观色的天才，刚到越南那几天他很平和，笑眯眯地待人接物。一起制订计划时，对于我的提议，他总是回答说“好的，好的”，穿衣打扮也总是干净整洁，举止彬彬有礼。

“可是，那样最多只能维持一周……”

确实如此，嗣男在潜意识里想要给我留下一个好印象，勉强自己演了一场戏。我并没有介意，而是像往常一样继续旅程，当我们到达越南南部的胡志明市时，嗣男的态度突然大变。

嗣男的演技似乎最长可以维持一周。一周过后，嗣男脸上的微笑消失了。之前他总是配合我的安排，上午出门游玩，一周以后却很难做到了。而且，他终于忍不住对我说道：

“石头先生，可以不用再勉强坚持了吗？我累了，从明天开始上午让我休息一阵吧……”

我当然会答应。因为这是自由行。我欣然答应道：“可以啊。”

从那以后，他不再穿得整整齐齐，在房间里只穿着一条内裤，懒懒散散地打发时间，出门的时候不穿鞋了，一直穿着人字拖活动。吃饭的时候嫌麻烦的话就用手，吃饱了就理直气壮地剩下，累了就对我说“改一下明天的计划吧”。

嗣男改变态度以后，我还是像往常一样对待他。这一点似乎令他颇感意外。而在我看来，感觉他终于从蜡像状态转变成活人了。

“咦？石头先生，你怎么不生我的气、不讨厌我呢？”

我笑着反问他：“你为什么会有这种疑问呢？”

恐惧日本人

嗣男讨厌日本人，确切地说，他害怕和日本人打交道。

长到这么大，嗣男一直拼命地察言观色，也是因为不想让周围的人“觉得自己很奇怪”。

“你问原因吗？因为在日本，人们认为即使不用语言表达，‘也应该察言观色、作出正确的言行’‘即使不交谈也应该理解对方的想法’，推崇心领神会的文化。嘴上说‘欢迎随时来我家玩’，真要去了，绝对不会让你进家门。嘴上说的话和心里的真实想法不一样对吧。所以，当对方跟你说什么话时，你不能问对方，要自己辨别那究竟是不是他的真心话，找出正确答案来。

“而且，如果你找不出正确答案，回头就会被整得很惨，会倒大霉……”

说完这话，嗣男对我讲述了他小时候亲眼看见的班内严重的欺凌现象。大家聚在一起嘲笑不会察言观色的孩子，如果那孩子因此发火，就会有人向老师告状，说他胡闹。然后大家一起无视他，如果有人同情他，就会遭到他们的集中攻击。这样一来，逐渐就没有人拥护那个被欺凌的孩子了。嗣男很害怕，他觉得一旦自己会错意，成为被攻击的对象，人生就完蛋了。总之，为了自己不被欺凌，最好是不要树敌，一直察言观色。

“所以我一直想去没有日本人的地方，那里不说日语，也没有日本的那种奇怪的常识。”

这是一种典型的恐惧日本人的症状。他对日本式的感受和常识产生了不适感。如果周围有陆地毗连的国家，或者附近的地区有很多外国人居住的话，他也许能找到拥有适合自己的文化的国家或者外国人聚集地，早就移居过去了。但是，偏偏日本是个岛国，国内并没有太多外国人集中居住的社区。

对于拥有不同感受或不同价值观的人来说，从全世界范围看，日本也许是一个难以生存的国家。而嗣男属于在这种日本式感受和常识中无法放松的类型。

我们住在越南郊区的小镇里，走在街上，基本碰不到日本人了。对于嗣男来说，那里是可以放松身心的空间，能称之为天堂了。我发现，在没有日本人的区域，嗣男在别人面前基本上不会感到紧张。他可以在街上悠闲地散步或购物，并不在意周围的目光。他可以大摇大摆地穿着随意的衣服，用喜欢的方式进餐，也可以堂而皇之地睡懒觉。

然而，发生了一件意想不到的事。

当时我们刚刚到达越南南部的一个小镇，觉得那里估计不会有日本游客。因此，我和嗣男在家庭旅馆的房间里，大声地随意聊天。可能也说了很多日本的奇怪之处和问题所在。

这时候，突然听到咔嚓一声，似乎有人入住我们隔壁的房间了。但是，我们并没有担心，心想反正入住的肯定是当地的越南人或者其他国家的人吧。正要继续聊下去时，隔壁房间传来了微弱的说话声："没想到这房间还不错""嗯，挺干净的呀"，是我们熟悉的语言。看来家庭旅馆的墙壁不太厚。

（哎呀，隔壁来了日本人！）

当嗣男意识到这一点时，原本正在侃侃而谈的他，瞬间变得只会喃喃地小声说"是的"或者"不是"。当嗣男发现日本人来到近处时，他瞬间用一种看不见的类似厚重甲壳的东西将自己全身包裹起来了。

“不知不觉中就变成那样了……”

他恐惧日本人的症状已经根深蒂固，仅是了解到这一点也算不虚此行了。

乘小船跨越国界

我们决定从越南南部前往柬埔寨。湄公河（流经6个国家）流经这里，形成了一个巨大的三角洲，我们计划从这里坐船逆流而上，前往金边。

我们找了一个便宜的客运公司，一大早便去了约定的地点——因为听公司里的人说：“下午去得晚的话，有可能会遭遇强盗，所以上午去比较好。”嗣男和我内心虽然都有些害怕，不过最近已经完全习惯这种程度的冒险了。

小船来了，我们看到后吓了一跳。虽然船上有发动机，但是船很小，算上操控发动机的人，看上去只能乘坐5人。而且，我和嗣男的体重都有100公斤左右。另外2名乘客是一对年迈的柬埔寨夫妇，两人的体重加起来肯定都不到100公斤。我担心我们两人坐上去之后会翻船。

船上当然没有顶棚，更不可能有厕所。如果形容它的大小和形状的话，就像是日本湖泊中用于观光的人工划的小船放大了1.5倍，比汽艇小得多。

总之，我们只能坐这个船。我们也不想拖拖拉拉的，结果被强盗袭击。

然而，出乎我们意料的是，乘这艘小船跨越国界令人神清气爽。虽然身上会溅一些水，但是临场感十足。天气也不错，有点阴，风平浪静的。全程花了5个多小时，中途下船上了一次厕所，休息了一会。我们得以近距离观察岸边当地人的生活状况。时而看到水牛来戏水，时而看到渔夫撒网捕鱼，时而看到岸上妇女们在准备做饭。

“哎呀，太棒了！我疯狂地拍照，数码相机的电池都快用光了！国界真好玩呀。在日本的话，穿越国界时要坐飞机，没什么感觉。可是在这里跨越国界后，货币和语言真的会瞬间换成另一种呀。”

从柬埔寨到泰国的旅途也很有趣。我们从柬埔寨南部沿陆路前往泰国，途中经过无数条河，当时很多地方还没有搭桥，一般游客不会走这种路线。每次到了那种地方，我们都会连人带车乘坐驳船渡河，嗣男就不用说了，连我也没在日本体验过这种出行方式。

这样过了一个多月，我们从泰国平安回到了日本。

价值观瞬间逆转

讨厌亚洲的友和

既有恐惧日本人的年轻茧居族，也有相反的类型。确切地说，我感觉大多数茧居族属于对日本和日本人感到自豪的类型。

友和（30岁）也是其中之一。他茧居大约10年了。高中毕业后，他考上了一所设计类的职业学院，但是读了1年多就退学了，从此闭门不出。他在学校基本没有朋友，虽然打过一点零工，但是他平时在家总是躲在自己房间里看漫画或者玩电脑、电视游戏。他很聪明，脑子转得快。不过，他有些过于小心谨慎，属于那种“摸着石头也不肯过河”的类型。

他基本不看报纸和电视，信息来源只有“雅虎新闻”。

“这样就能粗略了解新闻，足够了。”

网络是个信息宝库，可以获得各种各样的新闻。不过，通过检索或者链接，最后往往只能接触到自己感兴趣的信息和想看的新闻。涉及自己感兴趣的领域，可以说是了如指掌，反过来，关于不感兴趣的领域，无知到令人震惊的程度。

友和对于自己是日本人这件事有着超乎常人的自豪感，对于最近贬低自己国家的论调和人，他心中有强烈的怒气和不满。他总是在思考政治和社会，可以说他的社会意识相当偏激。

尤其是最近几年，韩国大肆批判日本，也有过一些军事上的示威行为，这都让他感到愤怒。因此，虽然不能说是恨屋及乌，但是他对来日本观光的韩国旅游团有强烈的反感，讨厌他们大摇大摆地走在街上的样子。

很多年轻的茧居族都有这种想法，其实是有原因的。因为在他们看来，日本遭到批判或否定的话，就像他们自己遭到了批判或否定一样。

其实他们自己心里也明白，现在的自己不被人看好，日子过得不顺心，再加上那种莫名的挫败感和失落感，形成了强烈的情结——自卑感。因为这些而产生的精神压力需要寻找一个宣泄渠道，而外国容易成为他们的出气筒。对于茧居族来说，外国是位于世界对立面的存在，是个平时不熟悉的存在。也就是说，可以畅所欲言，因为无论说什么都不用担心被报复。比起明目张胆地大声说邻居或同学的坏话，要容易得多。

当然不是所有茧居族都有这种想法，不过，这样想的人出乎意料地多。

总之，友和也是一个固执的反韩、反华论者。

友和他们对祖国日本感到骄傲，自然是有根据的。从他们出生时起，日本就是世界第三（更早之前是第二，最近被中国超越了）的经济大国，还是七国集团中唯一一个亚洲国家。

因此，他们希望日本继续保持大国地位。而且他们觉得，既然是大国就不应该遭到外国批判，他们忿忿不平、难以忍受。

他们觉得身为发达国家、经济大国的国民，自己也很厉害，希望得到更多的尊敬。对于发展中国家的人民，虽然不至于歧视或蔑视，却有一种强烈的优越感。

这样的友和在跟我几番商议后，最终一起去的竟然是中国。

被陌生人相救

友和最初的反应是这样的：

“要是去那样一个野蛮的国家，有几条命都不够啊。太可怕了，我不想去。”

但是，我们聊了很多以后，他改变了想法——既没有去过中国，也没有中国朋友，就斥责中国是“恶之帝国”，确实不公平，也说不过去。从这个意义上说，友和也算是那种正义感很强的人。

而且，近年来中国的发展势头迅猛，不久后GDP（国内生产总值，这个数值高就意味着经济实力强）将会超越美国，成为世界第一。

“听了你说的这番话，我感觉得去亲眼看一下。有你在身边我也放心，毕竟你对那边很熟悉。”

我们去了中国南方的珠海和广州一带。他似乎以为日本人到了中国会立刻遭到攻击，一开始在饭馆用餐或者在商店购物时，他也一直保持高度警惕。但是，实际上根本没有危险。无论在饭馆还是商店，人们反倒对我们很热情。

当我们乘坐短途巴士前往广东省郊外的县城时，发生了一个小事故。

我们偶然在珠海拱北客运站发现一个地名，是那种就连《走遍全球》之类的旅游指南上都没有介绍的小城，我们买票后就去坐车了。

在中国或东南亚的任何地方，只要是有一定规模的城镇，就会有比较像样的旅馆，因此不用担心住宿问题。如果养成了上午出行的习惯，就算到了没有旅馆的地方，还有时间再去别的城镇。

我们乘坐的是充满生活气息的区间公交车。乘车的不只是人类，不知道为什么，鸡并排趴在行李架上，让人静不下心来。车厢过道和地板上放着很多行李，应该是乘客进城采购来的。

行李中有个很大的零部件，像是有棱角的金属棒。粗20厘米、长4米左右，大概有三四根，胡乱放在车内的中间过道上。

我们尽量避开它们，朝后边座位走去。结果走在我身后的友和突然“哇”地大叫一声。

金属棒锐利的棱角勾住了他的腿肚子，就像被锋利的刀具割到那样，皮肤一下子裂开一条长七八厘米的口子，血顺着腿淌了下来。

看到血的那一瞬间，友和变得面色苍白，他跌坐在身旁的座位上，说道：“我受够了，回、回国吧！”血还在不停地流，伤口看上去也很深。

周围的几名当地乘客走到他跟前，一副很担心的样子。他们纷纷对友和说着什么。然后，那几名乘客下了车，四散而去。

几分钟后，乘客回到了车上。每个人手上都拿着东西，有消毒药水、创可贴、绷带等。那些萍水相逢的当地人到客运站附近的店里转了一圈，给我们买来了这些东西。

一位看上去像是护士的乘客代表大家看了看友和的伤口，并给他作了处理。先是给伤口消毒，又抹上软膏，再用纱布盖住，用创可贴固定住，最后缠上了绷带。

那些乘客都是素昧平生的过路人，却向友和伸出了援手，令他感激不尽。包扎完以后，他低下头，向周围的人说“谢谢，谢谢（模仿汉语发音）”。周围的人都笑得很开心。

然后，乘客们还把最前排的座位让给了友和，方便他伸开腿。真是无微不至的关怀。后来友和这样说道：

“太、太感动了！这边的人比日本人好太多了！万分感谢！”

友和偶然被过路的陌生人搭救，而且那些是他以前有些看不起的国家的人，他的脑海中发生了革命性变化。

“我想在这边生活，如果在这边生活的话，我感觉能够振作起来！”

其实日本也好，中国也好，无论哪里都有好人和坏人。但是，由于他以前有先入为主的歧视心理，所以在中国乡下接触到关怀和温情后，想法跟以前相比发生了180度转变，觉得中国真是个好地方。正因为是自己的亲身经历，对他来说才有充分的说服力。

另外，自从发生这件事以后，他不再简单地只用好坏判断人和事，学会了具体问题具体分析。

对于友和来说，这件事是个很好的经历，令他受益匪浅。

尽情享用蛇肉火锅

广东省有一道灵魂料理就是蛇肉火锅，不知道是不是当地名吃。白天不怎么看得到，夜深以后，到处都挂着写有“蛇”字的招牌。

于是我们尝了两种珍馐美味，蛇肉火锅与禾虫。

此时我们的旅程已经走了一半，友和想开了，无论遇到什么事，都会在思考之前先付诸行动。要是在以前，他会觉得有些店令人作呕，不肯进去，现在却带着一半破罐子破摔的心情直接冲进去了。

可是没想到蛇肉火锅超级好吃。

说是火锅，其实是装在一个类似大坛子的容器中，炖得咕嘟咕嘟地响，端出来后用勺子从中舀一些，盛到小盘子里吃。

蛇身上有很多细小的肋骨，吃起来有点费劲，不过仔细将肉剥离下来放进嘴里，发现味道有点像上等的鸡肉。

“石头先生，这是什么啊？”

友和用筷子夹起一块直径2厘米的东西，色泽说不清是黑还是深蓝。我们在当地认识了一个能听懂简单的日语的人，是他把我们带到了这家店里。他笑着说道：

“啊，你中奖了，中大奖了。运气不错啊，很好吃哟！”

听了这话，友和毫不犹豫地张大嘴塞了进去。那块东西外面包着一层薄皮，他一口咬下去，一股苦汁瞬间在口腔中扩散开来。

“哇，这是什么鬼？好苦！”

“那是蛇胆，胆囊呀。明白吗？一条蛇只有一个，非常珍贵啊。对健康大有好处，延年益寿。”

蛇胆在日本也颇受追捧，据说是补品，滋补壮阳。看来在中国也被当成了宝贝。

友和脸上浮现出了复杂的表情，不知道是喜是悲，不过似乎还不错。他并没有吐出来，而是全部咽了下去。我随后也品尝了另一条蛇的胆，果然很苦。口腔麻木了好大一会儿。

接下来又上了一道菜，有点像焖鸡蛋，里面有蔬菜和肉，看上去很好吃。

“这个很好吃的。现在开始打农药了，所以产量很少了。尝尝看，挺好吃的，没什么怪味儿。”

我和友和都盛了一勺放进嘴里，挺好吃的。不过，仔细一看不是鸡蛋，有点像天蛾幼虫，又像是水蛭……

“这叫禾虫，长得像蛋清对吧，浑身都是蛋白质，很珍贵的。”

原以为是鸡蛋呢，结果是虫子。因为是白色的，乍一看像是焖了一层蛋清。

友和可能是豁出去了，脸上浮现出奇怪的笑容，豪爽地舀起禾虫放进嘴里，然后吞下去了。

“咦？还挺好吃的呀。”

“对吧？”

放眼望去，周围其他桌上的当地人也在吃。而且他们笑眯眯地看着我们。然后，看到我们贪婪地享用当地的灵魂料理，他们很高兴，又请我们吃了一盘饺子和一份禾虫。在众人的围观之下，友和转眼吃光了那盘禾虫，赢得了热烈的掌声。

虽然花了不少时间，后来友和考取了簿记的三级和二级证书。现在他在自己家附近的一家会计相关的事务所上班。那家事务所很小，只有3名员工。

“因为人少，感觉很舒服。感觉不需要勉强自己为他人费神了。”

环游世界带来的自信与牵绊

举世罕见的海上自由学校

一个名叫“和平之船”的非政府组织正在企划环球巡

航。主要目的是和平运动和灾害援助，将豪华旅游船获得的收益用于活动经费。

最近几年，我几乎每年都为“和平之船”上实施的一个项目提供协助，项目名叫环球学校（GS）。这个项目主要面向不愿上学的人或茧居族等不善交际的人，由有茧居经历的原乘客恩田夏绘女士和原本在船上工作的井上直先生发起。

恩田女士说过的一番话给我留下了很深的印象。

“在日本茧居时，打个比方说，我感觉周围的人都是四四方方的形状，可是我却完全不同，是歪七扭八的形状。因此，我感觉形状奇特的自己跟周围格格不入，已经死心了。但是，登上‘和平之船’后，我感觉有很多人不是四

2016年，“和平之船”上环球学校的授课情景

方的，每个人都是完全不同的形状。我还找到了跟自己类似形状的人，有种安全感，或者说松了一口气，在船上的生活变得开心了。”

恩田女士本来打算乘“和平之船”环游世界后就自杀。但是，她放弃了那种危险的计划，下船以后成了“和平之船”的员工。然后，她打算在船上为和自己类似的不愿上学、闭门不出的人设置一个据点，这个想法真的实现了。井上先生多才多艺、虚怀若谷，他少年时期经历的磨难可谓莫可名状。两人共同担当了环球学校的顶梁柱。

现在“和平之船”每年实施3次环球航行，停靠大约20个国家的港口，并且以每年一次的频率开设环球学校。最近几年，航行刚开始的10天到2周左右（航行经过的区域大概是从日本到东南亚再到印度），我会待在船上，担任环球学校的领航员或者老师之类的角色。我只参加最初的短暂航程，在航海期间，另有专职的员工和生活顾问随行。

整个环球航行大约持续3个月，设置海上自由学校的目的是为不善交际的人打造一个据点，让他们享受船上生活的同时有所成长。

这个环球学校的学生年龄层很宽，从十几岁到三十几岁都有。每次航行大约招收10到15名学生。对于有的人来说效果十分显著，如果是处于不太严重的轻度茧居状态的年轻人，仅是参加这种环球航行，就能收获青春期没能得到的宝贵的东西，比如自信以及一生的知己。至少这种机会足够多。尤其是对女性来说（当然对男性来说也是如此），能够安全地体验长期海外旅行，如果有余力，利用一下这种机会也挺好的。

说到我的具体工作，就是每天做“沟通训练”，有点像上课，有时候也会和每个人单独面谈，倾听他们的烦恼和心事，最关键的是班级建设。有茧居倾向的年轻人往往不够圆滑，动不动就会因为紧张而退缩。然而，参加巡游时如果不早点找到自己可以容身的据点，漫长的旅途将会变得索然无味。最初几天很关键，一般在航海开始后1周内就会在船上形成一些关系亲密的小团体。

因此，首先要确保一个可以容身的据点，那就是环球学校，这一点很重要。在一个地方交到伙伴的话，在船上找到其他据点就会变得更简单。据点太多了也不行，但是只有一个的话就太少了。希望他们另外找到一两个据点，能够在船上的生活中与形形色色的人打交道。

我希望他们能够利用环球学校，构建这种环球旅行的基础，所以提供了协助。

不善交际的人最发愁的就是吃饭的时候。因此，我在船上的时候，每次都会邀请GS的学生共同用餐。如果此时他们有别的朋友一起吃，那他们可以随意安排。不过，如果他们还没有交到这种饭友的话，我总是留心让他们和我一起在环球学校用餐。

我们在海外港口停靠时，不会组团，而是自由活动。有的学生不知该如何是好，有的学生没有一起在港口游玩的朋友，我便会带着他们在当地小巷子里闲逛。此时，我会尽量安排去那种方便实惠的地方，而其他乘客一般不会去，回头他们就可以把这个经历在船上炫耀一番。

年轻人成长的速度是惊人的，只要一开始找好据点，在周围的人和环境的刺激下，他们会不断地自行成长。能够完成这种旅行初期的准备，我就算充分发挥作用了。

丰富多样且有刺激作用的据点的效果

我来简单介绍下环球学校的几个主要效果。

最大的效果就是实现环游世界的体验。环游世界是一般的日本人没有经历过的壮举，自己年纪轻轻就能完成，仅凭这一点就能让他们拥有很多自信。在人群聚集的地方，必须自我介绍或宣传自己的时候，这种自信便会发挥威力。

另外，在环球航行期间，人员的变动不大。在茧居族当事人中，有的人害怕去不固定的人群来来往往的地方。但是，在航行途中很少有人上下船，乘客和员工合起来也不到1 000人，形成了一个“村子”。即使有些不善交际，也能逐渐熟识起来。

而且乘客都处于所谓的“尼特族”[①]状态，船上没有人让你“去上班”或“去上学”，基本感受不到那种有形或无形的压力。还有一个特征，那就是跟普通社会相比，脾气好的人占绝大多数。你只要努力让自己安心享受悠闲的时光就可以。当你有了想做的事，到时候再去挑战就行。当然，你也可以一直躺着，什么都不做。

如果想省钱，也可以住四人间。很多有茧居倾向的年轻人，从小生活在小家庭中，一直拥有单独的房间。而且，

---

① NEET的音译。NEET即“Not in Empleyment, Education or Training（不就业、不升学、不进修）”的缩写，指游手好闲的无业者。

当今社会中亲戚邻居间的关系逐渐变得疏远了，他们年轻的时候很少有机会和别人同吃同睡。现在能够轻松地补上这份经历，自然而然地就能掌握适应人际关系的能力。

大多数乘客是日本人，不过外国员工的人数也很多。乘客在船上随处可以接触各个国家的语言和价值观，我觉得这种多样性会让他们的感受能力与个性得到长足的发展。另外，这艘船还会以领航员的名义从世界各地请来各个领域的专家，所以乘客也能够接触到各方面的知识。

一边眺望星空，一边向伙伴们倾诉自己心中的不安、想法和心愿，彻夜畅谈，这在当今日本是无法轻易获得的体验。

当然不只是好处，也存在课题。航海之行3个月便会结束，之后的平台应该怎么打造，一直是个课题。不过，最近在员工及有志之士的努力下，环球学校计划定期举办线下聚会。希望至少有一个这样的平台一直延续下去。

另外，乘船旅行终归是团体活动，不能算由自己充分思考、做选择、做决定并执行的活动。这个活动还不足以培养那些能力或积累那些经验。据说有的乘客觉得不过瘾，还会再次参加环球航行，或者以员工的身份，在“和平之船”上打零工或做正式工作。总而言之，我认为优点远远多于缺点。

在“和平之船”上相遇并结婚，如今已是两个孩子的父亲

在向我咨询的年轻人中，有个人登上“和平之船”，找到了婚姻伴侣。他就是来自埼玉县的小胜（25岁左右）。

小胜从读小学一年级时就经常不去上学，陷入了茧居状态。虽然有个一起玩游戏的发小，但是小胜平时一心躲在房间里玩游戏。

他父母很担心，也去自由学校咨询过，给他报了名，但是他无法适应。

他父母来我这里咨询时，他已经读了一学期初一了，正值暑假。

我立刻去他家访问，他的精力相当充沛，我一去，他就从2楼厕所的窗户爬出去，沿着房顶逃到外边去了。

这种情况也不能置之不理，我决定让他从初二开始去鹿儿岛县的一个孤岛读书，那里有个小山村，人口只有200人左右。如果是在初二以前，还能够采取各种对策。到了初三，因为有中考，很难采取大刀阔斧的动作。我不清楚他本人是否同意了，在他父母的努力之下，这个去山村留学的建议变成了现实。

当他到达岛上时，全岛居民都聚集在码头上，打出了“欢迎小胜”的横幅。这一场面确是让他无限感动。他独自寄居在岛上一对当地的老夫妇家里。初二、初三期间，他从未迟到或缺课，我觉得这一点难能可贵。

不过，高中的时候他不得不回到老家埼玉的学校读书，入学后一两个月就不肯去上学了，后来直接辍学了。然后连续几年茧居在家，在家人的劝说之下，小胜最终决定乘坐“和平之船”环游世界。

他在船上加入了环球学校，我也以领航员的身份登船，这是第一次和他畅谈。在船上时，他看上去像一名极为普通的青年，平静而温顺。他身材细长高挑，足以称得上是帅哥。初一时的那种顽皮与幼稚已经了无痕迹。

小胜遇到了他的人生伴侣，是一名在船上做保育员的姑娘。环球航行结束后，两人回国没多久就奉子成婚了。估计两人心中对于将来和生活设计都有强烈的不安吧，不过他们还是鼓起勇气决定结婚生子。

当时小胜还是无业青年。后来他那坚韧不拔的意志远远超乎了我的想象。

首先，他去驾校学车，很快拿到了驾照。然后，他主动去职业介绍所，找到了一份跟电力相关的工作，收入还不错。在单位里，有时候也会被别人斥责说“年纪不小了连这点事都办不了嘛”，但他并没有因此悲观失望，也没有主动放弃工作，而是顽强地坚持下来了。这股韧劲估计还是因为家里添了新丁吧。而且在“和平之船”上交到的那些朋友也在守望着他，给了他莫大的勇气。

从小学一年级时就经常不去上学，作为情况比较严重的茧居族当事人，小胜也没去医疗机构就诊过，却在如此短时间内就参加社会活动、走上自立之路，这种案例可谓罕见。至少我不知道其他类似的案例。从积极的意义上超出我的想象的人，只有小胜一个。

后来，其实小胜被开除了，但是他并没有意志消沉，而是马上找到了新的工作。有茧居经历的人极度经不起挫折。可是小胜的这股韧劲是哪里来的呢？真是令我刮目相看。听说他最近有了第二个孩子。

小胜的人生有过很长的空白期，他自己内心还有很多不成熟的地方。在这种状态下，支撑一家人的生活，还要养育孩子，估计是极为困难的事。但是，既然已经走到这一步，我希望他能够想方设法克服困难，牢牢抓住普通人的幸福。

琉球与浪速[①]的水土养育人

奇怪的民生委员们

长期茧居的年轻人，即使在亚洲体验了各种感染力，即使在环游世界时交到朋友、获得成就感，单凭这些，回到日本以后还是无法顺利参加社会活动。

通过在亚洲旅行，无论他们取得了多大的进步，都要经过一段时间的康复训练来适应日本。不要从海外直接回到自己家中，需要找个过渡一下的地方，来习惯并适应日本社会。

既存在日本式的价值观，同时也拥有多样性和“温情”——尽量找这样的地方比较好。其中一个合适的地方就是冲绳。毕竟冲绳的特征是日式文化与亚洲文化并存，又酝酿出了独有的文化和氛围。

屋宜恒一先生在冲绳主要岛屿中部的冲绳市安庆田地区担任民生委员，他年轻时曾在中国和菲律宾留学，现在正积极致力于当地的城市振兴以及福利革新。

简明扼要地解释一下，民生委员就是《民生委员法》

① 浪速为大阪及其周边地区的古称，亦作难波。

中规定的社会福利工作者，与担任特别职务的不定期出勤的地方公务员同等地位。由每个市镇村单独任命，负责向居民提供与生活和健康相关的咨询及援助，基本没有报酬。对于民生委员提出的提议，政府也一定会倾听。

说到民生委员，大家往往觉得是当地老年人的一种名誉职务，其实屋宜先生周围的民生委员很多都是三四十岁的年轻人。因为年轻，他们的应对能力和执行能力很强，这在整个日本也是很少见的吧。

年轻的茧居族从亚洲回来后，想要适应日本社会或者离开家自力更生的话，我会建议他们去屋宜先生那里，有时候我自己也会一起在他那里待一阵。如果确实有需要，屋宜先生会对那些有困难的人免费开放自己家二楼，所以我们可以借住在那里。我始终坚持独自举办小规模活动，没有什么住宿设施，所以非常感谢他的善意举措。

前几天我又和一个年轻的茧居族到屋宜先生那里，得到了他的帮助。那天晚上，我们受到了屋宜先生和他的朋友们的热情款待，我们一起唱歌、闲聊，彻夜狂欢。

那名茧居族当事人之前曾去各种专业的援助机构，接受援助10多年，状态却基本没有得到改善。但是，在经历了各种体验和辩论、在冲绳接触到人间温情之后，不到半年就自己找到了工作，开始上班。朋友的劝说是他就业的直接原因，不过我觉得在冲绳的体验也是很重要的因素。他这样说道：

“能够在旅途中和陌生人那样放松地交谈，应该是有生以来第一次吧。我很想再次见到在屋宜先生手下担任民生委员的M先生。”

在屋宜先生那里待一阵以后，就能通过就业迈出自立的一大步，这样的长期茧居的年轻人，仅是我接手的案例，迄今为止就有3人（在屋宜先生那里得到帮助的人数迄今为止有5人）。

屋宜先生并没有特意做过什么，也许是场所效应，也许是人间温情，反正这些东西确实有一定效果。这样看来，那便是“冲绳的效果”吧。

来者不拒

不只是冲绳，大阪的小西胜之先生也从20多年前开始就给了我很多关照。

小西先生已经年逾古稀，现在仍活跃在一线，在日本各地到处奔走。他原本成立并经营着一家面向残疾人的福利院。即使是其他福利院、医院或者亲人感到束手无策而赶出去的那些残疾人以及问题儿童，他也来者不拒。

“无论是谁来我这里，都管吃管住。”

这是他的口头禅。事实上，就连大医院和专业机构拒绝接收或者赶出去的患者，他也会敞开大门表示欢迎。

我从2000年左右开始援助茧居族，从那时起，他接收了好几名危重的茧居族年轻人，让他们住几天、几十天，有时候甚至几年。

茧居族当事人要想适应社会，不能待在家里，要尽量在外面找一个开放性（而非压抑性）的据点或住宿场所，效果会更好。从这个意义上说，无论什么时候，无论什么样的案例，只要找小西先生商量，他都会欣然接受，或者帮忙出谋划策，使我受益匪浅。比起掌握一个个窍门或技术，更重要的是泰然自若地应对，有时候严厉，同时却又很温和，无论面对什么样的问题都不会逃避，这样的人我只认识一个，那就是小西先生。

小西先生很有个性，又很努力，喜欢强辩，所以往往被人误解，也许算是白璧微瑕吧。特别是对医疗工作者和专家，他总是言辞犀利。

不久之前，他任职于大阪府内的一个管辖很多家福利院的福利组织，非常卖力地工作。现在他离开了那里，又想成立一个小机构，无偿为残疾人提供新的据点。我希望这个机构能够尽快走上正轨。

总而言之，年轻的茧居族想要回归社会或者参加社会活动的时候，必须在自己家之外找一个舒适而开放的生活空间。我正在想方设法用海外或国内的家庭旅馆、民宿等作为替代，但是在一般的住宿设施很难实现。

在冲绳和大阪等地，我凭借迄今为止的人脉，找到了几个可以提供这种空间的地方，不过今后恐怕还需要更多。

第7章
家人的纠结与忧虑

父母15年间从未见过孩子的正脸

高阶先生的家位于离关东较近的Y县，某个小城的一隅。从外观上看，是一栋极其普通的两层小楼。

高阶家有三口人，父亲孝雄、母亲绢代，还有儿子孝德（40岁）。孝雄先生已经退休很久了。孝雄先生或绢代女士偶尔会外出购物，除非有必要，三口人平时都不出门。

父母住在一楼厨房与餐厅隔壁的日式房间，厕所、盥洗室、浴室都在一楼。二楼有两个房间，一间用来存放杂物、晾晒衣物，孝德住另一间。房间的门把手上总是缠着保鲜膜。

长达15年的时间里，孝雄先生和绢代女士从未见过孝德的正脸。

孝德已经连续20多年没有出门了。孝雄先生说道：

“他有严重的洁癖，哪怕是自己家人，他也害怕别人进入自己的房间、触碰自己的东西。大约10年前开始，他就在自己房间的门把手上缠了两三层保鲜膜，用橡皮筋固定住。”

用塑料袋、纸巾还有保鲜膜裹住自己房间外侧的门把手，加以保护，这类行为偶尔会在长期茧居的当事人身上看到。另一位茧居族当事人陈述理由如下：

“万一苍蝇或蟑螂趁我不注意停在门把手上，让我染上传染病了怎么办？所以，我很害怕。”

孝德茧居的起因是上小学时在班里亲眼看见了严重的欺凌现象。孝德本人并没有受到欺凌，但是之后为了不被欺凌，他极力避免与别人交往。他总是一个人默默看书。高中毕业后，他没找到想做的事，自然而然地开始茧居。从那以后，就一直闭门不出。

可是，15年间一次都没有见过是怎么回事呢？让我们来追踪一下高阶家一天的生活吧。

母亲早上6点起床，准备早餐。据说有时候是头天晚上准备好小菜。因为孝德7点半就会从二楼下来，早上没有那么悠闲。

6点半早餐准备好了，父亲这时候也起床了，坐在厨房的餐桌旁。父母二人共进早餐，洗脸刷牙、上厕所，这一切都弄完的时候就7点了。两人离开餐桌以后，便安安静静地躲到自己房间里，悄无声息。

餐桌旁空无一人，桌上放着一个人分量的早餐，另外还有一塑料瓶茶水、一个点心面包，以及头天的晚报和当天的早报。

厨房和客厅窗户外面的防雨板一直关得紧紧的。

孝德的一天

7点半左右，二楼的房门“吱”的一声开了一条缝。父母闻声在自己房间里一动都不敢动。此时一不小心弄出点声响的话，孝德就会心生戒备，不肯下楼。他们不忍心因为自己弄出的声响害得心爱的儿子吃不上饭。孝德一天只有一次吃饭的机会，便是早上的这个时间。

孝德缓缓下楼，像猫一样蹑手蹑脚的，声音很小。当他确认楼下无人后，便会走进厨房。由于窗户外面的防雨板关着，里面一片漆黑。

他打开灯，吃母亲准备好的早餐。一边吃饭，一边粗略地浏览一下报纸。如果有想看的报道，有时候也会剪下来带回房间里。

孝德根本不看电视，他似乎不想看。因为一看到画面中的年轻人朝气蓬勃、开心的笑容，就会觉得非常可悲可恨。他自然也不上网。说起来他连电脑都没有，也不知道怎么用。别说是智能手机了，他连老年手机都没有。他的房间里只有开始茧居之前就有的书和一台旧的AM收音机。听说他喜欢伊集院光与胡子男爵的广播节目，经常收听。

吃完早餐后，孝德在盥洗室洗脸刷牙。然后上厕所、泡澡。他一般每周泡两次澡。他父亲孝雄先生说：

“他一般是7点半下楼，9点半左右回到二楼自己的房间里。回去的时候会拿走点心面包和瓶装茶水，估计那就是他的午餐吧。一天吃两顿。泡澡的时候好像是10点左右回二楼。”

茧居族当事人往往会依赖网络、游戏或电视上的深夜节目，所以会过着黑白颠倒的生活。不过，这些事都跟孝德不沾边。他每天早上很规律地起床。

不只是孝德，有些长期茧居的当事人基本不去厕所。他们是如何处理如厕问题的呢？

有很多种方法。首先是尽量不摄取水分。有的人一天只喝两三杯水。不过，最近有些茧居族由于过度缺水，引发脑出血而昏倒的事件。而且，这样做也容易诱发生活习惯病。

那么，要想不去厕所在房间里解决，应该怎么做呢？众所周知的方法就是用塑料瓶作为简易马桶，通常也被戏称为“瓶厕”。男女做法略有不同，男性一般是准备两个1.5升以上的同款塑料瓶。要尽量选用表面平滑、直径较大的瓶子。将其中一个瓶子从瓶口向下三分之一的位置再往上2厘米处水平截断，只使用下面的瓶身。将另一个瓶子从瓶口向下三分之一的位置再往下2厘米处截断，只使用上半部分。

方便的时候使用塑料瓶的下半部分，将小便从断面敞开的地方注入。解决完以后，用事先准备好的另一个同款塑料瓶的上半部分罩住，盖上盖子。这样一来，会有4厘米紧紧重合在一起的部分，能够将尿液密封起来。盖上瓶盖的话几乎不会有臭味泄漏出来。

将尿液存在里面，等满了以后再悄悄倒进马桶。茧居状态的严重程度不同，有的人会准备好几个这样的简易马桶。

话题跑偏了，总之父母都在尽力避免与孝德碰面。15年前，碰巧公司放假，在家休息的孝雄先生憋不住了，刚跑进厕所就与从浴缸出来的孝德迎面撞上。孝德瞬间发出一声惊叫，一溜烟地逃回二楼的房间里去了。然后，接近一周都没有下楼，也不肯吃饭。

出于对这件事的反省，在孝德用早餐的时候，他父母都尽量不打扰他、不破坏他的心情，表现出了近乎异常的关怀。不过，孝德和他父母之间几乎没有语言上的交流，因此，父母都不知道孝德真正需要什么、希望他们怎么做。

所以，一年365天，一天24小时，父母都过着“忖度”孝德的生活。所谓“忖度”，是指揣测他人的心情。

在反复忖度的过程中，孝德和他父母达成了这种默契，不知不觉间打造了仪式般的早餐流程。

形成忖度关系的原因

为免大家误解，我先声明一下，他父母并非只是袖手旁观。他们曾多次前往当地的保健站进行咨询，也去医疗机构咨询过十几次，还求助过援助团体。

但是，得到的全都是“首先请您想办法把他本人带过来”“请咨询一下别的专家吧”“不要着急，慢慢来吧。欢迎再来”之类的答复。

以前父母也曾通过纸条留言或直接劝说他去医院看看。

结果，第二天吃完早饭后，孝德在餐桌上留下了这样的字条：

“你们要是带我去医院，我一定会自杀。我是被你们杀死的。我变成这样，都是因为你们无视我的痛苦，逼我去学校学习造成的。你们还想把我折磨成什么样？求求你们放过我吧！”

看了那张字条以后，父母已经没有勇气再去面对孝德了。有一段时间，夫妻二人整夜整夜地抱头痛哭。从那以后，父亲再也不敢跟孝德说话了。

家里有茧居族的话，不只是当事人，他们的家人的内心也会伤痕累累。虽然这不是任何人的错。

于是，父母不断地揣测茧居族孝德的想法，形成了“忖度关系”。在父母心里，与其说是“忖度”，也许说是“谢罪”意识更恰当。先不管这种意识是否正确，总之父母也需要心理援助。

我开始接受咨询以后，已经过去1年多了。虽然我一直坚持给他写信或打招呼，但是还未见过他本人。不过，已经可以隔着门和他聊一会儿了。

另外，孝德现在每个月至少会出一次门了。每次必定是早上6点之前外出，晚上11点多等父母睡下之后再回家，他似乎不想和父母碰面。不知道他去了哪里，做了些什么。

不过，我跟他的谈话有了效果，他曾独自一人前往心理内科就诊。他去的那家医院似乎很远，不过他说“医生说我不是病，不用来治疗”，就没再去。我完全不清楚那名医生是谁，在哪家医院上班，所以不了解详细情况。

孝德及其“忖度关系”的家人脱离茧居状态的道路还很远，估计会花很长时间。

孩子提出的无理要求

位于埼玉县北部K市的立花一家也是“忖度关系”。他们家三口人，春树（27岁）已经茧居10年了。自从高中退学以后他一直闭门不出，父母都觉得儿子茧居是因为自己的教育方式不对。父亲说道：

“我和妻子都上班，很早就把孩子送到托儿所，分不出时间来照顾孩子。现在一有什么事，孩子就会指出这一点。作为父母我们心中有愧，所以也无话可说。最终只好对孩子百依百顺。而且，前一阵我一直去某个茧居族援助团体咨询，他们对我说无论孩子提出什么样的要求都要尽量答应……”

茧居的孩子提出任何要求都要答应——在有的情况下确实有效果。比如父母完全不听孩子的心声，一直用打压或近乎虐待的方式对待孩子的情况（2000年之前，人们还没有理解茧居问题的严重性，当时茧居族的父母常有这种情况）、茧居中的孩子言行过于暴戾的情况，还有茧居孩子的症状较轻、已经成长为与其年龄相应的状态等情况。

但是，这顶多只是一种类似紧急避难的措施，如果孩子一直处于不成熟的状态，不断满足孩子要求的话，就会产生依赖或逃避等新问题。例如，一开始给他们很多零花钱的话，以后即使想减少金额，由于零花钱已经成为他们的既得利益，就很难更改，也有可能造成家庭入不敷出。一旦遇到购物或办手续之类的麻烦事，孩子就想让父母全权代理，也就无法学会生活能力了。

温情守护孩子是很重要，但是过度保护或过度干涉的话，反倒会使茧居状态拖延下去，让情况更加恶化，需要注意。

反过来，采取斯巴达式教育，一味地严格要求的话，会让茧居问题进一步加重。“慈爱”与“温情”和“不为所动的威严”之间的平衡很重要。茧居和孤立状态拖延下去的话，父母和孩子都无法保持这种平衡。

立花家的情况是陷入了“收费地狱”。

春树自从高中退学以后，就开始自暴自弃。他认为中途退学后自己的人生“已经完蛋了”。他固执地认为原因在于父母的教育方式有问题。当然了，实际上造成茧居的原因有很多。有可能是因为青春期常见的某些障碍或者症状，也有可能是因为自己没有努力。但是，春树眼里看不到别的原因。如果他承认其他原因，就等于在说自己也可能有问题，那样的话他会崩溃的。所以还是只能怪父母。而且，他还逼迫父母负责。他的父母就跟他保证说：“你说得对，对不起，你提什么要求我们都会答应。”站在父母的立场上，他们是想方设法让儿子尽快脱离茧居状态，于是按照演讲会上学来的方式处理了。他们先是道歉，又表达了满足对方要求的决心。作为父母，他们的处理方式没错。不过，用在春树身上起到了反作用。春树以强硬的态度向父母提出了如下要求：

① 你们要存够我用一辈子的钱，死之前交给我；

② 再也不要让我去工作或上学；

③ 帮我做家务，照顾我的生活。

针对这些要求，父母的回答是“好的”。结果就形成了一种奇怪的关系，类似于“忖度关系”，是一种不成熟的父母隶属于不成熟的孩子的关系。

每个月花10万日元玩游戏

不久后，春树迷上了当时流行的手机游戏。它还有社交功能，玩家之间可以交流。还能组队作战，或者在游戏内旅行。春树一步步陷进去了。因为他有时间，他的游戏技能眼看着在提升，很快就有了约10名游戏伙伴。他父亲说道：

“在那个游戏中交到的朋友都很依赖春树，有一阵子他心情很好。”

春树在团队中最厉害，是王牌战将。大家都称赞他、依靠他。他第一次感觉心情大好。在春树看来，游戏中的他才是真正的自己。

“但是，他似乎认识到，要想保住最强的战斗力，必须一直持有强大的道具和卡片。例如在游戏中抽扭蛋的时候，如果能得到想要的东西，他就很高兴，但是得不到的时候就大吵大闹，搞得鸡犬不宁。他会顺手拿起身边的杯子或水壶丢出去，或者摔坏。然后他向我们要钱，一直抽扭蛋，直到拿到想要的东西才肯罢休。最多的时候，我一天给过他10万日元……”

据说每个月平均下来，他大约要在手机游戏上花10万日元。另外，零花钱、买衣服、运动服（NBA以及英超联赛中喜爱的选手的队服）的费用也差不多每个月10万日元，合起来要给他20万日元。顺便说一下，他的零花钱并不用于游戏或买运动服，据说全都存在某个地方了。

“每个月我们给他5万日元的零花钱，他说要存起来，以备将来的不时之需……”

目前他的父母都还在工作，每个月共有70万日元左右的收入，还算过得去。

“我和妻子很快就要退休了。到时候每个月的退休金加起来还不到30万日元。那时如果还按现在的金额给他的话，就只能动用存款了。现在别说孩子将来的生活费了，根本就没有多余的钱拿去存起来……”

立花先生来找我咨询还是前不久的事。

像他们这样在家庭内部产生了扭曲的关系，而且持续了长达五六年的时间，要想修复或解决是极为困难的。有时候当事人会发展成某些症状或疾病。当然了，由于当事人本人没有生病的意识，所以不会主动去医疗机构或援助机构求助。

最理想的情况是，当事人自己能够“意识到”依靠父母的钱的危险性，“意识到”那反倒会阻碍自己的成长。要想实现这一目标，重要的是第三方能与孤立无援的家人及当事人并肩携手，提供贴心的援助。

本章开头提到的高阶先生一家也好，这位立花先生一家也罢，一旦形成“忖度关系”，父母就会不停地揣测孩子的想法，往往会陷入停止独立思考的状态。此时若是一味地逼迫父母“振作起来”，他们反倒只会选择逃避，让孩子来做判断。因此，对茧居族父母的细致周到的援助很重要。

家人陷入“孤立”和“偏见”的地狱

如果家里有茧居族，不仅要考虑他们本人的茧居问题，还要考虑身边家人的孤独化问题。

很多家人本来就觉得“家里有茧居族，没脸见人”“家里有精神病人，会影响家人或亲戚的婚事”。这些想法从某种意义上说是“胡思乱想”，或者说是“偏见和误解”，抑或属于一种“强迫观念”，却一直支配着他们。

这种迂腐的偏见和误解至今依然根深蒂固。实际上，前几天有个来咨询的人这样说道：

“我家有两个孩子，哥哥已经茧居10多年了。前几天，弟弟决定和正在交往的女友结婚。对方自然知道他哥哥是茧居族。光是他们两个人结婚的话没有任何问题。可是，我儿子将这事告知了女方父母，对方就说‘那我们不能把女儿嫁给你’。理由是‘如果你哥哥一直茧居下去，你们夫妇俩就得一直照顾他，我们不能让女儿有这种负担’……”

乍一听，这意见似乎很合理，然而这是一种误解、歧视和偏见。日本的福利制度勉强也算完善。民法虽然规定三亲等以内的亲属应当照顾患者生活，但那是明治时代制定的，不符合现状。任何一个发达国家都没有这种规定。正因为如此才会有福利制度。至于经济方面的照料，虽然算不上充分，倒也有残障年金制度和生活救济制度。在现代，随着家庭小型化的进展，家人不可能无限地负责照料长期茧居族、老年人和残疾人，那样负担太大了。

老实说，在当今这个时代，现行的年金制度和生活救济制度虽然成本很高，却收效甚微。而且日本的福利原则上是申请主义，如果自己不主动申请生活救济，就不会发放。但是，很多茧居族觉得丢脸，不肯申请，苦苦挣扎。结果这成了茧居状态长期化、茧居生活贫困化的一个原因，最终便错过了申请时机。这样一来，周围的家人也会遭遇地狱般的磨难。

我希望趁着这个国家的财政还有余力，能够实现基础收入（持续向每个市民发放最低限度生活费的制度），即使不提交“申请”、不接受“认证”，也能保障每个人维持最低限度的生活。哪怕纳税负担会因此增大。今后如果AI普及开来，也会给有茧居经历的人的就业带来负面影响，政府有必要重新审视一下社会保障制度。

我们不需要只对茧居人士有效的政策。我们想要那种贴心的福利和政策，每个人都能享受恩惠，其中也包括茧居人士。特别对待一部分人、按等级分类的福利已经落后于时代了。

顺便交代一下前面提到的结婚问题，女方对父母说：“你们有这种担心很奇怪呀，你们有这种想法反倒让我感觉羞耻。”她毅然决然地斩断父母的担忧，圆满顺利地完婚了。

亲友会上的父母们

要想解决茧居问题，防止家人孤立化、加大对家人的援助力度是极为重要的。从这个意义上讲，“亲友会”的存在至关重要，我们不是从专家的角度，而是站在当事人家人的立场上，根据他们的状况考虑问题。“亲友会”还是交换有益信息的场所。通过了解其他家庭的成功案例，有助于解决自己家人的问题。

网上和其他书籍中已经有关于“全国茧居族亲友会”的详细介绍了，所以在这里我想讲一下参加亲友辅导班的父母们的故事，那是在埼玉县的一隅默默无闻地举办的茧居族亲友集会。

每个月参加集会的亲友来自全国各地，除了当地埼玉县，关东地区的所有城市几乎都有人来参加。有的人住得很远，单程就要花2个多小时，着实令人感动。

定期参加的茧居族的家人大约来自50个家庭吧。有的家庭跟我打交道的时间超过10年了。

有几家人保持观望态度，偶尔来参加一次，也有二三十家人在一定程度上脱离了茧居状态，从这个辅导班顺利毕业，他们偶尔也会来访。

因为我力有不逮，中途结束援助的家庭有10户左右。不过，这些家庭如果没有解决问题，有时候过了四五年还会来访。

来自埼玉县内的人最多，大约占整体的一半。有意思的是，来自附近的人很少，来自当地朝霞市的家庭有一户，迄今为止来自新座市的家庭为零。我想这是因为我几乎没有余力（空闲）在当地做宣传，另一方面跟茧居族当事人及其家人的心理也有关系，他们往往因为觉得丢脸，不愿意在近处咨询。

父母的担忧

我询问参加亲友辅导班的父母们，现在有什么不安或不满，并将其中的主要不安总结为以下三点：

- **将来的生活及经济上的不安**

父母最担心的是自己死后孩子的生活怎么办。最直接的就是经济上的不安（钱的问题）。再深入问下去就会发现，比起经济上的不安，他们更担心的是孩子过于“脆弱的生活能力”以及“生命力”，说到底，孩子缺乏独自生活下去的本事、技巧和经验，也没有人可以商量。

既然如此，就让他自己的事情自己做，平时在家里多练习就可以了，但是从父母的心理或习惯来看，孩子永远都是孩子。有的父母觉得孩子很可怜，无法放手不管，所以一辈子都在为孩子卖命。有的父母到了80岁还在做护理工作，为了养活50多岁还在茧居的孩子，还一直为他做饭、洗衣服、打扫卫生。有人把这种关系称为“共同依赖”。

前一阵，这位80岁的老母亲由于心脏病发作而倒下了。据说50多岁的孩子将母亲送到医院，连续多日尽心尽力地护理。虽然他之前基本不出门，也没做过什么家务。

- **因为丈夫（妻子）不配合而感到不满**

自己的孩子陷入了长期茧居状态，配偶却毫不关心，一副事不关己的样子，积极应对的一方则感受到巨大的压力。因此，夫妻二人三天两头在家里吵架。如果不吵架，有可能情况更严重。一方会对另一方不再抱有任何期待，不久以后就连爱情和亲情也感觉不到了。

由于孩子的茧居问题而导致夫妻离婚的案例过去有很多，仅是在我以前援助过的家庭中，就有3对夫妇离婚了。

不过，有时候危机也会转化为机会。由于父母离婚，孩子有了危机感，开始采取行动，想要脱离茧居状态。当然了，夫妇齐心协力改善家庭氛围，共同面对孩子的问题，更有利于解决茧居问题，这一点毋庸赘言。

- **解决之日遥遥无期**

茧居族当事人大致可以分为两类：有患病意识的人和没有患病意识的人。

有患病意识的人能够认识到自己存在某些问题，所以无法顺利适应社会生活，为了解决那些问题或者治疗疾病，他们会主动向医疗机构或援助机构求助。因此，他们保持绝对孤立的状态的概率较小，相应地，有所改善或治愈的概率较大。

不过，有些性子急的人想要马上看到效果，就会陷入逛医院或逛援助机构的状态（惶惶不安地四处求医问诊或寻求援助）。这样一来，他们往往得不到彻底治疗，一直在不同的专家和援助者之间游荡。

没有患病意识的人是个问题。这种类型又可以分为两类：一种是坚信“自己没病”的人，另一种是“害怕查出来自己有病”的人。

前者也有可能患有精神疾病，后者由于一直彻头彻尾地拒绝接受治疗或援助，就算没有精神疾病，也很麻烦。

无论哪种情况，他们陷入严重的孤立状态的可能性很大，不只是当事人，有时候还会把家人卷进来，引起大的混乱。

乍看似乎援助者也无能为力，但仅是倾听一下当事人的诉说，也能防止他们陷入孤立状态。不过，对于没有成果的援助，他们往往早就不抱希望了。因此，要尽量在早期阶段实现一些小的变化，哪怕是一点点也可以，让家人多少感受到一些效果。

上面记录的案例终究只是冰山一角，家人的不安和忧虑是无穷无尽的。

健全的“毒亲思想”

最近，媒体上经常出现“毒亲”这个词。所谓“毒亲”，就是“有毒的父母亲”的省略说法。

这个词源于一本叫《原生家庭》的书，写于20世纪90年代，作者叫苏珊·福沃德，是美国的一名治疗师。该书的日语版也已经面世。

这本书的主题是父母对孩子的虐待。时值20世纪90年代，当时虐待孩子的现象还时有发生，人们误以为这是育儿的一个环节。

从第1章到第3章，也对日本的茧居问题做了深入的考察。第1章写的是“父母的权威和方针不容侵犯，将自己的原则或想法强加给孩子的父母”。在这种情况下，父母永远是正确的，孩子无力反抗，变成了负面意义上的“乖孩子”，无法实现自立。

第2章写的是“没有对孩子尽义务的父母”。父母有义务抚养孩子健康成长，保护其身心免遭危险或免受伤害，保障他们感受到亲情和安全感，教给他们道德和伦理观念，但是据说很多父母并没有尽到这份义务。结果导致孩子不会爱别人，也无法接受别人的爱。

第3章写的是“操控孩子的父母”。有的父母不仅采用直接露骨的手法操控孩子，还巧妙地将自己的责任推卸给孩子，将其牢牢束缚住。有的父母给孩子很多钱，将其养成废材。孩子则会在内心深处积蓄对父母的强烈怒气。

第4章写的是酒精中毒的父母，第5章写的是用语言暴力伤害孩子的父母，第6章写的是用暴力虐待孩子身体的父母，第7章写的是实施性虐待的父母，第二部分写的是孩子脱离那样的“毒亲”、实现自立的途径。

“毒亲”的实际状况复杂多样。书中警告说，有的父母乍一看素质很高，一副舐犊情深的样子，其实是超乎想象的“毒亲”，会毁掉孩子的人生。孩子应该尽早与这样的“毒亲”诀别，解放自己，实现独立，然后需要注意避免自己将来成为“毒亲”。

归根结底，这本书的特征是将重点放在了脱离“毒亲”、实现独立自主上面，绝对没有劝读者贴近“毒亲”的意思。

在当下的日本，考虑脱离茧居状态的方针或方向时，这本书有很好的参考价值。我将其称为“健全的毒亲思想”。

扭曲的“毒亲思想”

然而，最近有一种扭曲的“毒亲思想”正悄悄地广为流传。

其中一个例子就是本章中已经提过的春树的案例。

春树怨恨父母，觉得“自己变成茧居族都是父母的错”。也就是说，他指责自己的父母是“毒亲”。到这里为止没有问题，可是问题在后面。

他要求父母答应3个条件，分别如下：

“你们要准备够我花一辈子的钱。”

“不要对我指手画脚（=要对我言听计从）。”

“只要你们还活着，就得照顾我的生活。”

这3个条件与春树实现自立或独立完全南辕北辙。也就是说，他想紧紧缠住父母，依附于他们，将他们榨干。如果他父母一直遵守这3个条件，这样生活下去的话，那么他们死后春树将会迎来灾难（毁灭），这个结局不难想象。

也许父母有过错，因此导致孩子的人生中途出现了错乱。但是，最好身心都不要沾染最近那些扭曲的“毒亲思想”，不要把前进的方向从“自立”调整到过度的“依附”或者之后的“毁灭”。

话虽如此，网上散布“扭曲的‘毒亲思想’”的网站和信息铺天盖地，也出现了很多受其影响而放弃独立自主的茧居族当事人。

当然了，如果因为障碍或疾病很难实现独立自主的话，需要考虑接受各种援助和救济。但是，如果情况没有困难到那种地步的话，我衷心希望广大茧居人士不要早早地沾染上扭曲的“毒亲思想”，缺乏远见，只求眼前活得轻松。无疑，这只是将问题向后拖延了，迟早会坠入地狱。

中产阶层崩溃的过程

从二战结束以后直到最近，日本被称为“一亿总中流”[①]，长久富足的庞大的中产阶层群体成了日本的主角，构筑了这个国家的根基。

但是，曾经生机勃发的中产阶层极为轻易地在短时间内土崩瓦解，逐渐朝贫困层跌落。日本经济一直依赖于中产阶层的消费和生产能力，其将来也令人忧虑。

仔细观察一下茧居族家庭就会发现，顽强的中产阶层家庭还没过完两代就会轻易崩塌。下面介绍一下这个简单的过程。

---

① 又称“一亿总中产”，指日本大部分国民都认为自己是中产阶级的意识。这种意识形成于 1970 年代经济高速发展的日本，当时日本的人口约是一亿人。

• 父母享受了经济高速增长的好处。父母是正式员工，论资排辈，获得了稳定的高收入。恰到好处地购买了房产、汽车，以及电视、冰箱、电脑等多样而便利的家电产品。城市化不断推进。

↓

• 工作顺利，收入不错，有一定积蓄，另一方面，发生了孩子茧居的问题。孩子不肯离开父母，不离开家，父母对孩子的生活大包大揽。孩子这一代就业时很难成为正式员工，论资排辈型的稳定高收入体制也瓦解了。同时，由于地区社会崩溃，小家庭增多，人和人各自孤立，茧居状态逐渐长期化。

↓

• 父母年事已高，退休后家庭收入急剧减少。再加上日本经济停滞不前，晚年生活和福利的成本越来越高。孩子茧居的生活费负担也急剧增加，积蓄骤减。

↓

• 父母亡故。（父母的）退休金中断。茧居的孩子依赖官方补助（生活保护）的比重增大。若要领取生活保护金，要么花光父母的遗产，要么放弃继承。他们沦落为贫困层，一部分人靠生活保护生活。

当然，如果孩子中途自立，通过就业可以稍微阻止这个进程。但是，就现状来看，长期茧居族没有学历，也没有技术，如果不从最低工资水准的低收入工作做起的话，很难获得持续性的收入。另外，想要获得生活保护的话，就必须放弃自己的资产。

一旦获得生活保护，稳定下来之后，就很难脱离这种状态。也就是说，尽管父母这一代是响当当的中产阶层，在照顾孩子生活的过程中花光了资产，孩子便很容易沦为依靠官方补助（生活保护）的低收入阶层，而且很难跳出这个阶层。

残障年金的陷阱

从十几岁开始陷入茧居状态、领取残障年金的当事人，后来主动归还残障年金和残疾证，通过普通就业实现自立、自己谋生——在迄今为止我所援助的人当中，只有一个这样的人，他就是阿仁（38岁）。

阿仁升入高中后没多久，就走完了不上学→茧居状态→退学的整个流程。他固执地将自己关在房间里，坐在电脑前，时不时地发出怪腔怪调。父母感到害怕，强行把他带到精神科就诊。结果他被诊断为“抑郁症”。由于还查出了洁癖症等强迫神经症，阿仁听从了医生的建议，申请了精神残疾的残疾证。这样一来，治疗费用会享受优惠，每个月还有年金收入。结果他如愿以偿，拿到了基础残障年金（加入国民年金的人可以拿到的一种残障年金，2个月大约可以领取13万日元，基本等同于国民年金的最高支付额度）。

从此以后，阿仁的国民年金保险费获得了全免许可。他不用缴纳国民年金保险费，还能一直领取基础残障年金。

他后来一直保持茧居状态，他父母感到了危机，担心他的人生就此蹉跎，于是，他们来委托我进行访问援助。阿仁29岁那年，我开始对他实施援助。

虽然没能马上与阿仁面谈，但几个月后我还是与他见面了。我们一拍即合，一起去海外旅行，眼看着阿仁一天天精神焕发起来，像变了个人一样。谈及当时的感受，阿仁这样说道：

“当我好起来以后，就连喜欢的音乐、味道和菜系都发生了变化，真是令我吃惊。喜欢的女性类型也变了哦。真的感觉像是换了一个人，老实说，我都不太记得茧居期间发生的事了。”

因为他搬家了，就换了一家医院，重新接受诊断。诊断结果令人大吃一惊。

“医生说我根本没有什么抑郁症，非要说有病的话，那就是药物依赖症。他说我年轻的时候吃了太多精神活性药和抗抑郁药，精神恍惚估计是因为药物的副作用。可是那些药都是医院开的呀……”

阿仁花了1年多时间，成功把所有药都停了。最后剩的是苯二氮卓类安眠药。

于是，他开始考虑放弃残障年金和残疾证。结果医疗机构和地方政府对他说道：

“如果你主动放弃残障年金，可能再也没办法领取了。你现在是2级精神残疾人，如果归还这个残疾认证，以前免交的国民年金保险费也要按月缴纳了。而且，等你老了以后拿到的老龄年金要比别人少很多。这么一算，你舍弃残疾证会承受巨大的损失。所以你还是继续当残疾人比较好吧。”

“？？？”

阿仁觉得简直莫名其妙，不是残疾人的话，老了以后年金会减少？！这到底算怎么一回事呢？

努力摆脱残障身份

简单说来，日本的国民年金有两大支柱。第一根支柱是“老龄年金”，65岁以后可以领取。如果全额缴纳的话，每个月平均可以领6.5万日元左右。

另一根支柱是“残障年金”，只要是加入国民年金的人（指的是按月缴纳国民年金保险费的人。没有交钱的时候，即使手里有年金手册，也不算加入），一定级别的障碍或疾病获得鉴定的话，就能领取2级。有关部门批准支付残障年金的话，每个月平均可以领取大约6.5万日元，与领取国民年金中的老龄年金最高额是同一水准。

另外还有遗属年金和寡妇年金等。就业以后，除了国民年金，还可以加入厚生年金。

阿仁从十几岁开始就领取基础残障年金。一般人20岁以后必须缴纳国民年金，他却因此获得了全免待遇。所以他并没有缴纳。

问题便出在这里。

除了像阿仁这样获得残障鉴定的人之外，全免对象也包括低收入者和无收入者。免交年金的人老了以后领取的老龄年金的支付额度会减少。

全免不算完全没交，根据不同时期，有时候算交了二分之一，有时候算交了三分之一。尽管如此，晚年领取的年金数额还是会减少。1年全免，如果按交了二分之一计算的话，晚年每个月领取的年金数额大约减少700到800日元。10年全免的话，每个月少领7 000到8 000日元。这样一来，每个月能够领取的年金不到6万日元。

阿仁享受了13年全免待遇，如果直接放弃残障年金，切换为国民基础年金的话，比起一直领取残障年金（差不多是最高额），每个月至少损失1万日元。

阿仁感到很苦恼。他努力实现自立，从一个残障人士变成了普通人，结果晚年生活可能会吃苦头。他家还为此召开了家庭会议。有很多残障人士和茧居族面临同样的问题。大多数人选择继续领取残障年金，因为那样轻松得多，没有必要带着风险勉强去工作。

但是，阿仁不一样。他决定放弃残障年金和残疾证，回归一般的国民基础年金。这是一个勇敢的决断。

这样下去的话，老龄年金会大幅度减少，可能会晚景凄凉。按照往年的政策，未缴纳的年金只能补交到3年前为止。不过，当时有一条特殊规定，可以补交到10年前。

于是，阿仁决定请父母帮忙支付之前10年的年金保险费，以后自己上班赚钱，按月缴纳年金保险费。他的父母也很有魄力，虽然补交过去的年金要花掉100多万日元，但是他们觉得为了孩子的自立也是值得的。

阿仁离开家，考取了资格证书，开始在福利机构上班。

这样一来，他就能加入厚生年金了。至于国民基础年金，虽然会有所减少，却也没什么大不了的。而且，如果他坚持长期工作下去的话，退休以后还能领取厚生年金，比起每个月只有6.5万日元的国民基础残障年金，他应该能够领取更多的老龄年金。

“最重要的是，我可以堂堂正正地挺起胸膛来，总觉得心情不错。我能够顺利摆脱残障身份，这感觉太爽了。呃，我并不是歧视残障人士啊。以后……只要努力找个可爱的女朋友就好了（笑）。”

这个故事的主人公虽然是阿仁，他身边的家人的勇气和决断也很重要。如果没有家人的支持和陪伴，阿仁就无法成功摆脱残障身份。

日本的福利制度在关键地方存在很多奇怪的点。虽然制度会给很多人带来恩惠，但是有的当事人及其家人却被制度愚弄，因而感到苦恼。

第8章

高耸险峻的障壁

通过了司法考试，然而……

有一位这样的茧居族。

在司法考试制度改革之前，一位长期茧居的当事人竟然通过了司法考试。司法考试在日本是最难通过的资格考试。

然而，他在考试合格后必须去听课。因为他无法走出家门，所以没能成为“司法研修生”。

“我觉得很可惜呀。可是，我就是走不出去。光是参加考试的话没问题，但是连续2年的司法研修太为难我了。我平时完全是闭门不出的状态。对于学习本身，我是有信心的。不过，我该怎么和其他研修生交流呢？该穿什么衣服呢？该和老师怎么沟通呢？万一发生了突发事件该怎么办呢？我想了很多，觉得自己根本应付不了，感到很害怕……”

对于长期茧居的人来说，和家人以外的人接触时，或者一开始接触家庭之外的社会时，面临的“第一道障壁”

的高度，难以用语言描述，而且极为险峻。

此时他们在意的是，别人如何看待自己，举手投足应该注意什么，怎样沟通才不会遭到嫌弃，等等。一旦开始在意，他们总是考虑最坏的情况。而且他们坚信最坏的情况一定会发生。既然知道会发生最坏的情况，那么应该怎么做呢？对，什么都不要做，不出门就可以了。

但眼看着白白错失良机之后，萦绕在心头的是极度厌恶、否定自己的念头："我是这世间最差劲的存在……"我将其称为"世间最差妄想"。

当然，并非所有无法跨越第一道障壁的人都有"世间最差妄想"症状。本书中已经介绍过，无法跨越第一道障壁的原因还有很多。不过，那些健康成长起来、毫不费力地跨越了障壁的人，根本感觉不到这道障壁，也看不到它的存在。

茧居族当事人由于撞上第一道障壁而苦苦挣扎，不和任何人接触，孤独地在自己房间里苦恼。只要这种孤独状态持续下去，就无法跨越障壁，可是茧居族本人却不明白这一点。

当事人撞上第一道障壁，停滞不前的时候，周围的援助者和其家人基本可以从以下三个方面切入。分别是从"本人"切入、从"家人"切入、从"环境"切入。

从"本人"切入的方式有搭话和写信等。搭话会给当事人带来很强的压迫感，如果不想依靠强硬手段打开当事人的心扉的话，应当慎重选择。严重的情况下，当事人有可能会伤害自己或他人，此时还有一种办法就是强制住院，例如保安性强制住院和医疗保护性住院。不过我尽量不想用这种方法，毕竟我不是医生，不敢那么做。

从“家人”切入的方式有消除家人的不安和焦虑、给家人打气等。家人丝毫不了解现在茧居状态的严重程度，也不知道今后应该采取什么样的方法和态度。因此，重要的是，我们要和家人一起思考这些烦恼，要给他们提供信息、出主意、一起想办法，以便他们能够找到今后的方针和对策。

有时候，家人在和难以相处的当事人打交道时已经竭尽全力，没有余力思考其他事情。因此，援助者需要从日常生活的方方面面为家人提供咨询。不过，要注意不能过度干涉，援助者不能控制家人。我们的最终目标是让家人学会自己处理各种问题，关键是从旁协助。

当事人本人坚持闭门不出时，从“环境”切入也很重要。一旦环境发生变化，家里的氛围也会改变。这会形成直接或间接的刺激，促使当事人发生变化。

从环境切入的一个简单方法就是让各种各样的人频繁出入。总是在家的人故意躲出去，让别人进入家中，这会带来很大的刺激。不过，如果当事人患有精神分裂症等精神疾病，过于随意改变环境的话，有时候反倒会使其症状恶化，需要慎重行事。

总而言之，如果茧居状态存在明显的长期化倾向，就很难靠茧居族当事人自己或者家人的力量来跨越第一道障壁。当事人本人及其家人已经绞尽脑汁，却想不出任何主意，内心无法保持从容的时候，正是作为第三方的援助者发挥作用的重要时刻。

长期茧居族与外人接触的契机

有些严重的长期茧居族当事人，10多年闭门不出，他们与外人接触的契机是什么呢？

有名茧居族把自己关在房间长达16年，我持续对他访问援助11年，每个月大概去一两次。下面看一下他的案例。

在这个案例中，因为停滞不前的状态持续时间太长，我多次向他们提议接受医疗及福利机构的援助，或者前去咨询。但是，家人坚决拒绝与医疗机构打交道。原因是父母有两个担心。

首先是担心如果强逼孩子住院的话会激怒他，从而酿成大祸。

其次是担心万一在医院诊断出孩子有精神病该怎么办。

两种结局都很容易让家人陷入进退两难的境地。

然而，在我开始访问11年后，一直闭门不出的当事人（25岁左右）突然出来和我见面了。不仅如此，后来他还逐渐走出了家门。这位当事人的契机主要有以下三点：

第一点是搭话和写信等方法动摇了他的内心。

我在刚开始访问的时候不会马上跟当事人搭话，而是慢慢地向前推进，以免引发他的紧张和恐惧。也许这种做法奏效了吧，他说读完信以后心想早晚要找我咨询一下。只要当事人本人接受，写信比任何形式的搭话都有效。因为信可以保存，想读的时候随时可以再读一遍。不过，这位当事人也出现了“时光穿梭”现象，他原以为只是稍微迷茫了一阵，等清醒过来时发现已经过去了3年多。

第二点是从“环境”切入的尝试取得了成功。

当茧居状态变得越来越严重时，我建议他们一家人搬家。他们原本住在公司提供的两层小楼里，后来搬到了一栋单元式公寓里。在原来的房子里，当事人占据了二楼最靠里面的房间，那里最适合与外界孤立。但是，搬家以后，在家人的努力之下，当事人的房间变成了紧靠客厅的日式房间。房门也变成了推拉门，当家人或客人在客厅时，更容易感到他人的存在了。

当然了，这在短时间内可能会给当事人带来巨大的心理压力，万一当事人出现了类似精神疾患的症状，我也考虑过让他搬到心理压力小的房间，或者强行让他接受治疗。不过，由于事先将家人的想法传达给了他，也得到了他的允许，还保障了他的隐私，所以并没有出现问题。来客也只有我一个人，在访问几次之后，他似乎就习以为常了。

第三点是家人改变了对待他的方式。

在我开始访问之前，家人都是把他当成小孩子来对待，叫他“小某某”。通俗一点说，这种状态就是过度保护、过度干涉。于是，我让他们逐步改变对待当事人的方式，不再把他当成小孩子，而是当作一个成年人来认真对待。特别是他父亲的态度发生了很大的转变。他父亲原本是那种不做家务的男人，总是板着脸，一副令人生畏的样子。我让他在家中扮演小丑的角色，让他挑战自己不擅长的烹饪，让他逗笑家人。这样一来，大大地改变了家中的氛围，家里的压力减少了，在这种氛围下，他也敢跟令他害怕的父亲说话了。我觉得他父亲付出了很多。

经过这些努力，他终于肯走出房间和我面谈了。

如今他甚至可以开始打工了，也有了自己的兴趣爱好（因为他本人不让说，不能具体写出来），正在努力过好每一天。

对于家人来说，制造契机是很难的事情。家人也不全是心灵手巧的人，有的人不擅长挑战新事物。不过，长期茧居族问题没那么简单，什么都不做的话问题不会解决。

“3个月”和“1年”——融入社会的“悬崖绝壁”

长期茧居的人在上学或就业时，或者与异性交往、结婚时，往往不太顺利。

经历这一类社会活动，尤其是就业，首先会面临“3个月的障壁”。

前不久，一位茧居10多年的30多岁的男性找到了一份打扫卫生的工作。因为他想挣很多钱，所以一开始的排班就是一周工作5天，每天6个小时。然而，过了3个月左右，身体就吃不消了。

“身体极度疲劳，晚上却睡不着觉。工作的时候也恍恍惚惚的，变得很烦躁，容易生气。后来不仅感觉疲惫，身体的各个关节也开始疼痛，我有好几次认真考虑过辞职的事。”

另外一位30多岁的男性也茧居在家10多年，他在一家跟电脑相关的公司上班后，也是过了大约3个月的时候，身体开始出现异常。

他主要负责处理电脑输入业务，每天大约工作7个小时。基本不会加班，虽然可能会导致眼睛疲劳等状况，但绝不算是繁重的工作。

“几乎吃不下东西了。一天只能吃一顿饭，而且也只是吃一个饭团。吃进肚里以后就会引起腹痛。眼看着我一天天变瘦了，同事们也很担心。大概从第4个月开始恢复了食欲，接下来脖子又出问题了，一扭动就疼。”

有很多人像他们这样，就业后3个月左右把身体搞垮了，便辞去了工作。所幸前面提到的两个人好歹坚持下来了，大约过了半年，也许身体已经适应了，只要工作时间不变，就没有异常的疲劳等症状了。

不过，即使度过了第3个月降临的身体上的痛苦时期，也有可能在工作1年左右时再次陷入危机。

前面提到的从事保洁工作的男性，过了1年左右时已经适应了工作，却和同事及上司发生了冲突。

“现在想来，之前一直拼命工作，没有闲心注意周围的人，过了1年以后，已经习惯了工作节奏，各方面都能够从容应付了。于是，工作过程中也会休息一下，也能跟同事和上司闲聊了。我大意了呀。因为一点鸡毛蒜皮的小事，我们意见相左，争执不下，就吵起来了。”

过了1年左右，正因为熟悉了工作，才有可能进入误区。此时也有不少人选择辞职。

另外还有第3年的危机。连续工作3年以后，就会有新人进公司，当事人会成为前辈或上司，必须指导新人，成为他们的榜样。这种压力大得无法估量。

而且到了第3年，工作方面有可能会被新人超越。对于自尊心强的人来说，无法容忍这种情况。结果当事人往往会丧失自信，或者由于人际关系恶化离开了职场。特别是有茧居经历的人，即使找到工作也因存在空白期，经常会碰到上司比自己年轻的情况。这一点也让自尊心强的人感到极为痛苦。

针对某种程度上可以预见的“危机”，重要的是提前想好对策。

急于就业而栽跟头

3年以内遭遇挫折的话，会给刚刚恢复正常的内心带来巨大的创伤。反复数次以后，就会陷入恐惧就业或恐惧上学的状态。

然而，能够克服这些危机的人与无法克服的人之间的区别是什么呢?

我在第3章中曾写过脱离茧居状态的“三重阻碍”，似乎关键在于如何跨越第二重阻碍。

第二重阻碍是成长的阻碍。茧居期间没能体验过的事情，在今后的人生中能够补上多少?能够获得多少必要的知识和经验?通过好好学习、好好玩耍，能够掌握多少与他人打交道的独门秘诀?这些都很重要。我的意思绝不是让大家勉强做不适合自己的事。

此时我会推荐当事人积累一些独特的跨文化体验和公

共生活经验，并帮他们付诸实践。我觉得有必要提高作为一个人在社会中生存所需要的各种能力。

如果能够达到一定水平，就会更容易跨越第三重阻碍，即融入社会的阻碍。

然而，长期闭门不出的话，当事人和家人都很焦急。当事人想赶紧工作，家人也想让他早点工作，希望别人把他看作正常的成年人，因而焦躁不安。

有位长期茧居的当事人工作3个月就辞职了，我找他和他父亲了解了一下情况。

“我以前一直闭门不出，想早日独当一面，就去上班了。不过，我在单位不会处理人际关系，不知不觉中就被孤立了。工作本身没有问题啊。我还接受过SST（社会技能培训。学习与工作及社会相关的基本礼仪和技能）。但是，上班之前、午休时间，我总是孤零零的一个人。这样一来，我就感到心累。下班以后，只有我没有被同事邀请，因为我一开始总是拒绝邀请。工作以外的时间我感到如坐针毡，最后决定辞职。”（当事人）

“因为空白期很长，反正我希望他能早日追赶上别人。因此他必须尽快开始上班。身为父亲，我知道社会形势多么严峻，所以希望他能赶紧克服障碍，于是积极支持他就业，结果有些操之过急了。”（父亲）

无法顺利融入社会的原因可能还有很多。不过，首先我希望当事人在就业之前能够积累为人处世的各种经验，比如获得自信、结交朋友，能够独立完成这些最低限度的事情。

突破后仍然困难重重

在迄今为止的援助活动中，一旦当事人成功就业或上学的话就算取得了一定的成果，周围的援助无论是质的方面还是量的方面难免都会存在降低的倾向。确实，当事人逐渐变得成熟的时候，如果周围的人总是指手画脚的话，就属于过度干涉，会妨碍当事人的成长。

我也赞成这种看法，觉得应该少插手。如果当事人像普通人那样积累了各种经验，然后心理状态达到了相应的成熟度，掌握了解决问题的能力，那就没关系。

但是，很多长期茧居族即使站在了融入社会的起跑线上，他的经验值和成熟度以及处理问题的能力还很不够。

在这种情况下，我认为需要根据当事人的状态或状况，认真细致地实施就业或上学后的援助。即使不直接介入，也需要消除当事人心中的不安，与他一起思考解决问题的线索。

如果就业的话，虽然有时候会换工作单位，但是基本上需要持续工作10年、20年，甚至30年。并非短期内努力一下就算完成任务了。这不是短跑，而是长跑。

然而，很多长期茧居的当事人在从事某种工作时，不擅于长期保持稳定的状态。

另外，我们还必须考虑职场中的欺凌与人际关系问题。

令人遗憾的是，我们无法否认他们在工作单位有受到有形或无形欺凌的可能性。特别是经常独来独往、老实巴交的人容易成为欺凌对象。如果不采取任何对策，长期茧居的人在单位受到欺凌，内心会承受巨大的伤害，反倒会让茧居状态进一步恶化。

即使不至于受到欺凌，如果像前面提到的当事人那样，在单位里休息时间被孤立的话，就会无法融入职场，逐渐失去立足之地。

也许有人会说，不要紧，各个单位都有专业的咨询师。但是，有茧居经历的人往往不敢主动前去咨询，只能独自承受痛苦，最后默默地自己抽身离去。

总而言之，最好根据情况调整援助和咨询体制。

“可能确实是你说的那样。我15年闭门不出，所以工作3年还是缺乏社会常识，看人的眼光还很幼稚，有时候想法很天真。实际上，我和你两三个月见一次面，就单位里的事进行一次头脑风暴（拿出各种意见，从各种角度观察、思考同一件事），事先认识到危险，能够提前应对，我觉得这样很好。”（现在正常就业第4年的原茧居族）

话虽如此，关于如何克服融入社会的障碍，我和茧居族当事人都还在不断摸索更为有效的方法。

医疗保护性住院带来的难以愈合的伤痕

在我接受咨询的案例中，有的人因为被逼接受治疗或援助，陷入了恐惧治疗或恐惧援助的状态。针对有这种经历的人实施访问援助时，往往要花很长时间才能进行交流。

跟我见面时，纪男才20岁上下。他从读小学的时候就经常不去上学，动不动就把自己关在家里，后来去专门招收不愿上学的孩子的学校读书。但是，他升入初中后，就连这种学校也无法适应，开始在家里浑浑噩噩地混日子。

他的父母原来是教师，他们开始怀疑纪男生病了，便劝纪男去精神科或心理内科就诊，但是纪男只是不停地摇头，根本听不进去。

父母一劝他就诊，他就用脏话骂他们："啰嗦死了！臭老太婆，臭老头子！"这是他第一次说这么难听的话，父母很受打击。

父母去医院咨询了一下，结果医生说"有可能是精神疾病，赶紧让他来就诊吧"。父母很焦急。如果是精神疾病，那么最好尽快治疗。万一症状发展下去，错过治疗时机就麻烦了。

于是，父母决定让纪男接受医疗保护性住院治疗。所谓医疗保护性住院，是指根据《关于精神卫生及精神障碍者福利的法律》中的规定，强制精神病人住院的措施，需要家人的同意。

父母委托民营机构送他去医院。大约10名身强力壮的大汉突袭了正在自己房间里午睡的纪男。纪男又踢又咬，拼命反抗，但是手脚都被束缚住了，被他们用凉席裹起来抬出了家门，塞进了车里。

当时是20世纪90年代后半期，还存在公然制服患者并送往医院的做法。

到达医院后，纪男被关进了单间。房间里只有一张简易的床，房门内侧没有门把手，很光滑。这种结构让患者绝对无法从房内出来。

然后，检查和治疗开始了。诊断结果是“精神分裂症”。

纪男经常会顶撞或反抗医生和护士。最终他们用绳子把纪男的双手和双脚捆在了病床的四角上。那个房间是隔音的，即使纪男大声叫喊，他的声音也不会传出去。

纪男经历了2次长达3个月的医疗保护性住院。

“他们逼我吃了药效很强的药，所以我不太记得住院时的事情，不过感觉就像地狱。手上和脚上的伤痕现在还没消失，我也曾吐唾沫进行反抗，结果好像被他们打了一顿。可能是给我打了镇静剂吧。”

当然了，并非所有的医疗机构都是这种情况，特别是最近据说减少了很多。不过，此类问题仍然存在。

对父母的怨恨埋下了祸根

纪男对于逼自己住院的父母心怀怨恨。但是，他强行说服自己：父母是为了给自己治病。

那是纪男20岁时发生的事。深更半夜，他母亲突然从警察局给我打来电话。

我一问才知道，纪男在自己家里用金属球棒殴打母亲，导致母亲头盖骨出现了裂缝。所幸没有生命危险，母亲神志也很清醒。她一口咬定自己是轻伤，想要阻止儿子被逮捕。

我不知道此时他母亲所做的努力是否正确，因为如果不让他对自己的所作所为负责任，同样的事情还有可能再次发生。不过，我首先还是体谅到她的良苦用心，去把纪男接了出来。

自从被迫接受医疗保护性住院治疗以后，纪男不再信任医疗或福利相关的从业人员。我碰巧因为采访和他见过一面，他对我却很有好感。他母亲说只能求助于我了。

纪男没办法再和母亲一起待在家里了，正巧我当时有空，就直接带他去九州旅行了，安排了大概10天的日程。我们一起在各地巡游时，聊了很多。

“我在对母亲动手时，可能是药效过去了，一下子意识清醒了。‘不知不觉我已经20岁了，还没参加成人仪式呢……’我发现虚度了很多时光，突然感觉很悲伤。接下来一股强烈的怒火从心头涌起，我心想‘这一切都怪父母强迫我住院’。我大叫一声‘喂！你这个老太婆！’就挥舞着金属球棒追赶母亲。然后，看到母亲打算从玄关逃出去，就从她背后伸出棒子砸了下去。”

砸下去的金属球棒的前端似乎是擦着他母亲的头皮掠过去了。虽然出现了一点伤痕，还好没有造成重伤。当时，他父亲早已对他的谩骂和暴行束手无策，从自己家中逃出去，住在外面的公寓里，直接从那里去上班。家里只剩下母亲和纪男两个人。

在旅途中，我和纪男同处一室，没有出现任何问题。非但如此，此次旅行还很开心，每天笑声不断。纪男本来就是活泼开朗、温顺和善的性格。不过，有一次我们走在某个城市的商业街上时，迎面走来一位跟他母亲有些相似的中年女性。结果纪男突然一阵小跑，用肩膀撞向那位女性，然后快步走开了。那名女子身体晃了晃，却没有说什么，直接离去了。可能她觉得是在人群拥挤中擦肩而过时被误撞了一下。

多亏这次旅行的共同经历，纪男后来也一直信任我。

那之后，他母亲也躲到了外面，家里只剩纪男一个人。

从那件事发生以后，已经过去10多年了。纪男经过不断摸索和尝试，在2年半之前开始工作，无需依靠父母的援助或政府补贴，能够养活自己了。

说到纪男的症状，后来发现不是精神分裂症，而是“发展障碍”。20世纪90年代，人们对于发展障碍几乎一无所知，直到2005年之前，这样的误诊还时有发生。也许是因为接受了发展障碍相关的治疗和护理，纪男才得以康复。给他治疗的医院自然不是当初对他实施医疗保护性住院治疗的那家。这家医院有很多热诚待人、医术高超的医护人员。

记忆中“无法逃脱”的设施

有名茧居族曾在民营的住宿（长住）型福利设施待过几年。他叫庄司（35岁），原本住在神奈川县。

庄司高中毕业以后就闭门不出了。他原本就读于一所升学率很高的私立高中，头脑很聪明。长相也比一般人突出，很受女生欢迎。正因为如此，他才无法容忍陷入茧居状态的自己，每天都很苦恼。越是自尊心强、一帆风顺的人，遭遇挫折时承受的打击越大。

自然而然地，他开始在家里出口骂人、实施暴力，父母也拿他没办法，就把他送进了其他县的一所住宿型福利设施。

“那个设施里大概有二三十人，全都是男人。建筑物外面也没有什么栅栏或围墙，但是进去一看，才发现那里跟监狱没什么两样。”

设施位于深山腹地，走路到最近的公交车站大约要花50分钟。公交车一天只有三四趟，要想走到最近的火车站，足足要花两三个小时。

设施分为两栋楼，一栋是用来劳动或娱乐的作业楼，一栋是宿舍楼。宿舍楼的出入口只有一道狭窄的小门，一到晚上8点，就从外面紧紧锁死了，不可能从那里逃脱。

“宿舍楼里安装了很多防盗装置和报警设备。它们的传感器全都朝向内侧，也就是说我们住宿的楼内。一旦有人想要逃走，就会拉响警报。而小偷从外部侵入的话，警报不会响。我们只是把手搭在纱窗上就会引发警报呀。”

假设逃出去的话会怎么样呢？

“有几个人逃出去了。设施发的制服就像囚服，颜色很醒目，所以马上就暴露了目标，被带回来了。然后他们被关进一个3平方米的小黑屋里，反省以后才能出去。我们一个房间里大概住七八个人，如果一直采取反抗态度，有时候就会被室友痛扁一顿。”

据说企图逃跑的人会受到设施内最底层的待遇。为了防止患者再次试图逃走，监视也会更加严密。如果向运营方举报对设施反感或企图逃跑的人，则会奖励点心。

设施内禁止使用现金。对于努力干农活、成绩突出的人，会发放点心。甜点在设施内是一种珍贵的乐趣。

另外，原则上不允许往宿舍楼带纸和笔。因为以前曾经有人在草稿纸上写下“我被关起来了，救救我”，折成纸飞机扔出去，引发了一些问题。

庄司小心谨慎，极力避免惹事。

以上内容只是庄司的亲身经历，实际上这个设施过去曾发生入住者死亡事故，甚至闹到了法院。不过，表面看来这里只是一个共同生活的设施，人们一大早起床，有时候干些农活，过得悠闲自在，有时候享受音乐或工艺制作等休闲时光，一起做饭、打扫卫生，一起住宿。

庄司入住这个设施以后，据说性格发生了些许改变。表面上他能在别人面前表现得顺从了。不过，时不时地也会怒火中烧。

庄司大约5年前离开了这个设施，现在独自在千叶县生活。3年前好歹找到了工作，正在努力养活自己。但是，工作未必会一帆风顺。也许仅坚持工作这一点，就值得表扬了。

不过……即使现在，每当工作或生活中遭遇挫折，或者发生了不如意的事，他就会特别想回到那个“住宿设施”，想在那里生活。可是当初自己明明那么讨厌那里，一直想离开啊。

“这到底是怎么回事呢……”

庄司现在也经常自问自答。

优点——可以共同分担痛苦的空间

2000年前后，在东京都内及其周边城镇，茧居族的据点和自助团体屈指可数，而且大部分都是志愿者组织的集会，随意参加。

到了2016年，其数量多得难以计数。每到周末，就会在一些地方举办多个茧居族当事人集会。这些据点或自助团体五花八门，有专门面向女性茧居族的，有限定30多岁、40多岁参加的，有限定地域或症状的。

据点或自助团体是宝贵的场所，当事人自行聚集、邂逅、交流、交换信息、互相治愈。有的人在这里习惯了和人接触，恢复了健康，融入了社会。

所谓据点，姑且不论它的实际定义，按照我的理解，是指援助者组织或参与的活动，当事人也会参加或给予协助。而自助团体则是由当事人提议并亲自组织的集会，以当事人为中心。不过，最近这种区别似乎变得有些模糊。

我在埼玉县当地举办的聚会也开设了“据点”，每个月一次，从傍晚6点半开始，算上第2轮活动，要进行到晚上11点左右。大概会聚集10到15人，其中一半来自埼玉县，剩下的一半来自神奈川县、东京都、千叶县等较远的地方，规模不算大。大家可以免费参加，我来提供饮料。我并没有特意规定话题，基本上是自由交谈。有时候也会商量一起去旅行的事。在日式房间举办的时候，我们也会随便躺在榻榻米上聊天。

每个据点的组织方式和活动内容都不一样，据说有些认真的团体会定好主题进行讨论。好像也有以卡拉OK、游戏等休闲娱乐为主的集会。

正因为彼此都是茧居族，才会有共同话题，才可以共同完成一些事。

缺点——在据点停滞不前

本来据点是临时利用一下的地方，在那里习惯了和别人打交道以后，就应该进入自力更生或融入社会的阶段。

但是，实际上有很多人一直停留在据点，长达10多年。甚至有的人觉得据点太舒服了，就把那里当成了人生的终极目标（这种想法未必有错，但是问题在于这是否是一种可持续的生活方式）。

"考虑到自己的年龄，又有空白期，又没学历，即使现在想要融入社会，也只会被归为失败者的行列。一想到这一点，我就害怕离开据点。"（某位长期参加据点活动的人）

"我在据点头一次切实体会到了活着的感觉，所以我想在今后的人生中珍惜在据点积累的经验和人脉。不过，如果过于拘守据点，就算想离开那里，可能也很难抽出时间和精力了。"（同上）

在我援助过的比较严重的长期茧居族中，八成以上正常就业的人其实没有去过茧居族据点。我积极利用海外或冲绳等地的社区作为类似据点的过渡性场所。茧居族据点的好处在于可以分担彼此的烦恼与痛苦，可令人遗憾的是，它不是多种多样的人聚集的场所。有一定程度的多样性，才更有可能使人提升到下一个台阶。缺乏变化或刺激的据点很轻松，很舒适。但是，如果仅仅停留在那里，就很难向前迈进。

据点的作用和效果很重要。茧居族当事人很难直接就业，一下子融入社会。因此，据点介于茧居和融入社会之间，作为类似过渡性“蚕茧”般的存在，我们今后也要考虑它的活用方法和效果。

压力的连锁反应——听闻秋叶原无差别杀伤事件的真治

茧居人群中有容易受诱导的类型。一旦发生某种重大事件，就会引发他们过度敏感的反应。

以前，某个偶像自杀之后，有好几个人紧随其后自杀了。这也是一种受诱导的事例。

有时，茧居族正在朝着融入社会和自力更生的目标而努力的过程中，发生了一件与他毫无关系的事，受此事件的影响，他自己该做的事可能会遭遇挫折。

2008年6月8日，发生了秋叶原无差别杀伤事件。

加藤智大（当时25岁，后被判处死刑）驾驶载重2吨的卡车冲进东京秋叶原的步行街。加藤下车后，又用求生刀对行人和警察一通乱刺，造成7人死亡、10人受伤。

这是大阪池田小学事件以来发生的最严重的无差别杀伤事件，电视、报纸、周刊连续多日竞相报道，令人记忆犹新。犯人在作案前曾在网络论坛上做过犯罪预告，这也是一个时代的象征。

案发当日是星期天。6月14日是案发之后的第一个周六，茧居10多年的真治（33岁）一身军装，怀揣刃长26厘米的求生刀，前往涩谷。

真治在读初中时曾遭到篮球部教师和同学的虐待与欺凌，变得神经衰弱，不愿去上学，陷入了茧居状态。后来他曾多次尝试回归社会，想在25岁之前通过大学入学资格考试，结果失败了，没能实现考大学的愿望。

他也曾在商店和饭店打工，结果上司和前辈都比他年轻。由于比他年龄小的人批评他、瞧不起他，所以每份工作都没能坚持1个月。

他对人生感到了绝望，每天总是闷闷不乐地待在自己房间里。父母很担心，咨询了十几家医疗机构和援助团体，在我之前已经有七八个人去家访过了，据说都没有什么效果。

我从2005年开始与这样的真治见面，其实他秉性坦率认真，性情也很和善。访问几次之后，与他实际见面聊了很多，发现他会轻易相信自己信任的人说的话或意见。为了转换心情，我曾和他一起去旅行过一两次，又深入交流了很多，他逐渐对人生燃起了希望。从2008年初开始，他每周在超市打工4次，好歹坚持下来了。

可是，真治为什么突然身穿军装呢？他究竟打算干什么呢？

“最近秋叶原不是发生案件了嘛。我好激动啊！”

6月14日中午时分，真治突然给我打来电话。

“喂，石头先生吗？我是真治。现在我快到涩谷了。你知道我手上拿着什么吗？”

——嗯？什么啊？

“求生刀哦。很大的那种。质量不错，可以在热带丛林中求生哦。”

——……听上去有点危险啊……你怎么啦？

“最近秋叶原不是发生案件了嘛。我好激动啊！对于那些不知人间疾苦、终日游手好闲的家伙，我也想让他们遭天谴呀。我要用这把刀刺死他们，大卸八块。拼上我这条命……”

——你是说秋叶原那个案件啊……很轰动呀……

“那个犯人也是兼职和工作都被开除了，应该很难过吧，我明白他的感受……”

——所以，你要去涩谷吗？

“当然啦。说到年轻人，肯定会想到涩谷吧。我要用刀子把那些瞧不起我的家伙捅成马蜂窝……”

——你现在在哪里啊？

“我在水道桥……”

真治生来胆小，有些怯懦。他打来电话似乎是因为来到水道桥后心生怯意了，也许是想让我劝阻他。

不过，他也很兴奋。他也有顽固的一面，说出的话绝不更改，有人提意见的话，他反倒会强烈排斥。另外，有一次他在山手线的车站里看到坐在月台地上的女高中生，突然怒不可遏，拿起手里的雨伞就打，结果被警察逮捕了。当他无法保持冷静时，就容易乱来。

电话那头的声音很有力，可能是憋着一股劲儿，听上去有些颤抖。我也必须注意自己的说话方式。如果此时我说出来“别干傻事了”之类的不疼不痒的话，也许反倒会令他勃然大怒。他已经从别人那里听过无数遍大道理，那些一直伤害他的话无异于火上浇油，他很可能会说“你根本不理解我”。和他讲话时需要诀窍。

——我的朋友啊，你又真诚又和善，既然你下了那么大的决心，应该是一件非常不得了的事吧……

“是的……”

——你应该很难过吧……

“是的……”

——可是，你选择涩谷的话，效果不会太小吗？

“嗯？”

——你不是总说“美军不好，狂妄自大”吗？

“嗯？……呃，是的。”

——既然如此，也可以从正面突袭位于横须贺的美军基地啊。

“哎呀……可是，那也太危险了吧？”

——……危险？

“对啊，因为他们会干掉我。门口的保安都拿着枪，全副武装啊……”

——咦？你不是说要拼命吗？

“哎呀……话是这么说……”

他稍微冷静下来了。我对他提议说：“先见面聊聊吧，我还想和你一起吃饭呢。怎么样？”我前往水道桥，和他谈了谈。

1小时后，我在水道桥车站前见到他时，他虽然还有些兴奋，却老老实实地在天桥下面等着我，笑脸相迎。我们一起吃了牛肉盖浇饭，在咖啡馆里开诚布公地聊了大约2个小时。当然，去涩谷的心情和念头早就消失了。

我试着问了一下，他为什么想要冲到涩谷去。

"其实，最近打工时发生了一件不顺心的事。一个刚入职的十几岁的小毛孩子毫不掩饰地瞧不起我。正在这个时候发生了秋叶原案件，我就想我也想那样做呀。心平气和地想一下，这个念头太可笑了。现在我完全没有那种想法了，老实说，给你打那通电话时，我怕得要命……"

受到秋叶原案件影响的还有别人，我接触的另一位男性茧居族曾试图持刀闯到新宿。他也是在最后关头给我打来电话，没有酿成大事。

真治的生活好不容易顺利启动了，岂能让这样一件事搞砸了呢？

幸好有我阻止真治，然而有的茧居族孤立状态越来越严重，没有人会去阻止他们。这样一来，悲剧有可能再次发生。

《北野武的TV TACKLE》专题报道的余波

2016年3月21日，朝日电视台系列节目《北野武的TV TACKLE》播放了茧居问题的专题报道，在茧居族当事人和援助者之间引发了一番热议。

节目组请来一位家长，孩子属于长期危重的茧居族，讲的是某家非营利组织对其实施援助的事。节目中嘉宾动辄说一些带有恐吓意味的话，比如“万一酿成杀人事件怎么办?”还出现了一些粗野的暴力画面，比如破门而入、将当事人拖出来等等。

针对这个节目，有茧居经历的人召开了记者见面会，对这种强制性的暴力援助手段提出强烈批判。此事至今令人记忆犹新。

在经历过茧居的人看来，《TV TACKLE》的内容有可能给他们贴上“犯罪后备军”的标签，这无疑让他们忍无可忍。茧居族本来就容易招人误解，该节目进一步加深了人们的错误认识和偏见，让他们脸上无光。

对于很多茧居族当事人来说，“茧居族反人类”“茧居族很危险”之类的偏见蔓延开来的话，有时候会酿成生死攸关的大问题。

究其原因，很多年轻的茧居族性情和善，而且很敏感，他们一想到别人带有偏见的目光，就会饱尝撕心裂肺般的痛苦。结果便是，他们可能会辞职或退学，甚至断送自己的一生。

医疗方面存在医疗保护性住院、保安性强制住院等制度。有时候也有不得不依靠这种制度的案例，比如在当事人有可能伤害自己或他人的情况下。茧居族的实际情况千差万别，有的人10多年都没有离开过自己的房间，也有人在家里实施严重的暴力行为，还有人为了购物或兴趣爱好可以偶尔外出。

15年来，在复杂多样的茧居族中，我接受咨询并实施访问援助的更多是危重的案例。令人遗憾的是，还没有取得充分的成效，不过，近几年来，通过访问那些10年以上孤立无援的案例以及存在言行暴力的案例，有的人能够长期参加工作了，有的人结婚了，我自己也感到吃惊。

其实，《TV TACKLE》节目组播出的这期节目，并不是用暴力措施解决茧居问题的团体第一次暴露在大众的视野里。大约10年前，有很多心理诊疗所不择手段地处理茧居问题，甚至不惜绑架监禁。

他们引发了死亡事件或事故，销声匿迹了一阵子，目前似乎又逐渐死灰复燃了。媒体之所以报道这类案例，一方面是因为该设施爽快地答应接受各大媒体的采访，因而容易在普通人群中渗透，然而原因不止如此。

在我个人看来，针对长期危重的茧居问题，目前还没有建立真正意义上有效的解决方案。确实，政府方面设立了援助茧居族的窗口和设施，援助茧居族的民间团体也在增多，医疗方面的理解与应对措施也在逐年进步。

但是，仍然存在一些家里有长期危重茧居族的家庭，他们无论去哪里咨询都得不到充分的帮助。当然，有时候也会遇到全心全意的医疗机构、援助团体或援助者，但是，并非全国的茧居族家庭或当事人都能得到充分的救助，对方未必总会细心地体察他们的愿望与意志。当遇到一些麻烦的案例时，比如当事人采取反抗态度或者没有任何反应时，对方有可能会若无其事地避开或抛弃当事人。至少有不少家庭经历过这种对待方式。由于茧居问题的性质，这种状况不会轻易消除。

我认为，很多家庭之所以依赖于采取暴力手段的团体，很大一方面原因是凭良心做事的医疗或援助方尚未普遍具备充分的应对和解决问题的能力。家人长期疲于应付家庭内部的问题，整个身心都变得伤痕累累，而且孤立无援，万般无奈之下，思维陷入了停滞状态，最终只能放弃。这样一来，才会导致《TV TACKLE》中播出的那种状况。

暴力援助的是与非

受到暴力援助的当事人及其家人后来会怎么样呢？

“暂且可以活下去了”，从这个意义上讲，暴力援助也并非没有丝毫效果。也许会出现一时的变化，家人的痛苦也会暂时得到缓解。实际上，有些当事人的家人曾催我实施强制性援助，问我“为什么不更强硬一点呢”，我当然没有答应。

在经历过暴力手段的当事人中，有的人后来出现了很大程度的心理扭曲。有的人过度依赖的倾向越来越严重，有的人适应社会的能力反倒减弱了，有的人对不能满足自己愿望的援助者产生了强烈的憎恨情绪。另外，有的人出现了其他心理症状，反倒留下了宿怨，后来酿成了大问题：回家以后，在家里胡闹，把家人赶出家门等。暴力手段只是将问题延后了，从长期角度来看，很多时候并没有真正解决问题。

有时候还会出现以下问题。例如，有的当事人恢复健康以后，成了援助团体的工作人员，从事援助工作。也就是说就职于所谓的“茧居行业”。但是，这个“茧居行业”的员工职位并非无限多。能够获得收入的人数终归是有限的，因此茧居族当事人之间就会产生激烈的竞争。有时候，后来入职的人（后辈）会迅速地崭露头角，把先入职的当事人（前辈）赶下台。这样一来，前辈当事人的身心状况可能会出现很大的异常，甚至有人给自己的生命画上了句号。此时家人承受的打击真是一言难尽。他们本以为自己的孩子成功脱离了茧居状态，正在顺利地融入社会，没想到情况突然逆转，失去了一切。

正因为如此，茧居族援助工作应当细致而谨慎地向前推进。

无需依靠暴力手段也能解决问题，我想尽量追求这个目标。即使当事人本人不同意（危重的茧居问题大多是在当事人本人不同意的情况下开始实施援助的），也不需要用暴力或高压手段逼迫他，能够解决问题的可能性还是很大的。不过，要想涉足更能解决问题的领域，援助方就需要鼓起勇气，在力所能及的范围内，进一步深入了解长期危重的困难案例，我认为这一点很重要。只是援助需要耗费大量的时间和精力，由于人力不足，我的援助活动往往受到限制。

如果不依靠暴力或高压手段就能解决的话，那是最好不过的了。不过，如果遇到特殊案例，比如由于精神分裂症等疾病有可能对自己或他人造成伤害的紧急情况下，应当优先保护当事人本人及其家人的生命安全，难免要实施医疗保护性住院或保安性强制住院，应当找一家包容性强、凭良心办事的医疗机构。

另外，越来越多的人认为，应当把危重的茧居族当事人与那些能够主动求助的程度较轻的茧居族当事人区别对待，这让我有点担心。所谓“茧居”，是一个表示状态的词，并非特定的疾病或症状。尤其是需要访问援助的茧居族，由于尚未前往医疗机构就诊，其疾病或症状尚未判明，带着先入为主的想法简单粗暴地加以区分是很危险的。

不应当把在危重茧居族案例中留下的印象，叠加在那些能够外出或建立人际关系的程度较轻的茧居族身上。那会助长误解与偏见。

话虽如此，如果认为“大部分程度较轻的茧居族与少数的长期危重茧居族截然不同”，所以不能混为一谈，或者认为“长期危重的案例不包含在众多轻度茧居族之内”，这也有可能助长歧视风气。

在援助茧居族的历史过程中，有种悲剧反复发生。

每当围绕“给茧居族下定义”或“给茧居族分类”展开争论时，面临长期危重问题的茧居族就会遭到“抛弃”，被剔除在援助范围之外。症状较轻的人总是先得到救助。关于这一可悲的现象，设立全国茧居族亲友会的已故的奥山雅久先生使用了“弃民”一词。

实际上，茧居族的情况复杂多样。我们这些援助者（尤其是提供外展服务的人要避免把偏见带到援助现场）在学习各种各样的技能与知识的同时，还应当具备“不区别对待的勇气”。

我想各位看到这里就会明白，如果说存在所谓的最大的问题或课题的话，那么问题不在于茧居族当事人一方，而是整个社会对于茧居族缺乏理解，缺乏对于一个人应有的尊重。

依靠暴力手段的人在增加（在备受折磨之后，总会有些人把心一横，想要变得轻松，迫不得已作出这种选择），有的人认为以暴力方式或歧视态度对待茧居族也“没关系”。我希望这种风气不要蔓延开来。

归根结底，在援助茧居族时最重要的是，当事人本人能够持续稳定地度过健康幸福的人生，而且应当由他本人决定什么是健康幸福的人生，并逐步实现这一目标，援助者只是从旁协助。

终　章
反复摸索的访问援助

2016年10月12日（星期三）

第1家“从智能手机到绘画”

下午1点·东京都H市·诚司（男·30岁）·茧居经历11年

2年前我见到他时，他还处于离不开智能手机的状态。多数时候他都是躺在自己床上玩手机。不过，并非他愿意这样，而是因为无事可做，所以只能玩手机。

后来，我们关系处得很好，还一起去亚洲的边境地带旅行过两三次，那里不具备连网条件。于是，诚司意外地发现自己离开网络也没关系。

“如果我感兴趣，就能动起来，如果没兴趣就动不起来。因为我是第一次去那里，什么都不了解，所以能够正常行动。可能是沉浸在其中了吧。不过，过了几天以后，我厌倦了，就不想待在那里了。”

大约2年前，诚司去市内一家精神科就诊，诊断结果是抑郁症。不过，也可能患有发展障碍。

旅行期间，诚司开始写生。他画得非常好。虽然说画得不多，但他似乎很喜欢素描。据说他本来就擅长美术，如果有机会读大学的话，他想读美术大学。但是，父母对他说："你去那种学校读书，将来怎么养活自己？"所以他报考了普通的文科专业，结果以失败告终。本来他就对这条出路不感兴趣，所以没有全身心投入到学习中去。

终日无所事事也不是办法，他便定期去市内的绘画培训班学习。结果在那里受到了很高的评价，前一阵还在市内的小型展览会上展出了他在海外旅行时在亚洲一个孤岛上画的画，甚至获得了优秀作品奖。这件事给他带来了很大的自信。

他现在仍然作画、速写。虽然还处于茧居状态，跟净玩手机的时候相比，算是有很大的改善了。

今天，我们时隔半月再次面谈，诚司最后这样说道：

"有朝一日我想去读美术大学或者画画的专科学校。"

这是他第一次在我面前主动提及自己的目标。

第2家"宠物牵线，父子对话"

下午3点·东京都西部·阿正（男·30岁）·茧居经历14年

我和阿正大约1年前开始见面。不过，他虽然可以和我交谈，却不肯外出，而且他和父亲根本不交谈。他父亲说：

"您也让我跟他搭话，可我就是开不了口。"

父亲人挺好的，就是嘴笨。他很苦恼，不知道应该跟儿子说什么、应该怎么面对他。对于父亲这种犹犹豫豫的态度，阿正的理解是"父亲讨厌我"。

前几天他们家饲养的小型腊肠犬“太郎”身体突然出现异常，叫声一下子变得微弱了，也不肯吃东西。它才8岁，还不到身体衰弱的年龄。家里人都觉得，它过一阵就会好。

阿正很喜欢太郎，虽然不能带它去散步，但负责给它喂食。其实父亲也很喜欢太郎，一开始提议养狗的就是父亲。阿正和父亲都很疼爱太郎，母亲由于对狗过敏，基本不和太郎接触。

太郎身体状况变差之后一周左右，突然倒下了。

最先发现异常的是父亲，他在上班之前看了一下太郎的情况，发现它躺在地上，身体已经冰冷了。

父亲吓了一跳，大喊：“太郎！太郎！”

但是，太郎的身体已经没了温度。父亲慌里慌张地飞奔到2楼阿正的房门前。

“阿、阿正！太郎死了，死了啊！”

他有些失态地隔着门大声喊道。阿正听了也惊慌失措地跑了出来。

“爸，怎么了？”

“太郎好像死了，赶紧下楼！”

两人还没意识到，这是他们10年来的第一次对话。

最终太郎还是没有活过来。父子二人齐心协力，好好地埋葬了太郎，这事只能他们来做。

令人遗憾的是，父子之间的交流并没有因为此事变得顺畅。但是，也并非完全不能交谈，据说后来还经常一起吃饭。

今天我见到阿正时，他的表情和过去相比，变得柔和多了。估计是家中的氛围发生了变化。

他的表情很好地反映了家庭氛围。

第3家“父子争吵”

下午6点·埼玉县T市·牧雄（男·35岁）·茧居经历7年

今天是我第二次来牧雄家访问。

牧雄大学毕业后就业，工作5年后陷入了茧居状态。

他并不讨厌工作本身，但是在单位没能建立良好的人际关系。特别是最后一年，牧雄的新上司非常讲究细节，总是絮絮叨叨地责备他。结果他不得不每天无偿加班，累得筋疲力尽，就辞职了。

从那以后他没有气力上班了。一开始他想稍微休息一阵子，然后马上就能跳槽去别的单位。但是，他辞职后紧接着爆发了雷曼事件，之后好几年都没有工作。

牧雄说道：“也是我时运不济。”

而他的父亲属于那种对自己和他人要求都很高的人，觉得这样的儿子很丢人，难以忍受。不知不觉间，父子二人在家里已经形成冷战状态。

我来到他们家门口，按响了门铃。他母亲从里面飞奔出来，大喊道：

“石川先生，快、快来！”

从家里面传来了两个愤怒的声音，一个喊“你杀了我吧”，另一个喊“我要杀了你”。

我赶紧朝客厅跑去，看到两人隔着餐桌扭打成了一团。

牧雄正要用手巾勒住父亲的脖子……不，仔细一看，发动进攻的是父亲。

父亲自己把手巾缠到自己脖子上，手里拿着两端，上半身朝牧雄探过去，步步紧逼地挑唆道："来啊，杀了我呀！来啊，你要是恨我，就杀了我！你把我勒死吧！"

牧雄大叫"住手吧"，他背转身去想要逃跑，父亲却紧追不放。他想让牧雄双手握住缠在他脖子上的手巾的两端。牧雄想要甩开手，父亲却把整个身体都靠了上来。

牧雄终于忍不住大喊道："好，想死我就成全你！"他抓住父亲递过来的手巾，想要用力勒紧。母亲嚎啕大哭着走上前劝道："都住手吧！"

牧雄手上的力气一松，手巾掉在了地上。

这种父子争吵的闹剧总是反复上演。

好像事情的起因是晚饭前争抢电视频道。牧雄问父亲："我可以换个台吗？"父亲生气地回答说："这种话等你上班了再说！"牧雄大吼道："什么？这是两码事吧！"……于是两人你一言我一语地越吵越厉害。

据说这种争吵是家常便饭。

我看着乱作一团的三个人，笑了。

"既然吵架告一段落了，我们聊一聊吧。边吃边聊怎么样？"

我感觉碰上了一个很有援助价值的家庭……

茧居族和街头流浪儿童的孤独感

我读大学的时候曾经在菲律宾待过一阵，当初的目的是看看处于全球化社会两极的国家的弊病，亲眼看见之后给我留下了很深的印象。换句话说，我曾经置身亚洲的贫民窟，亲身体验了当地的问题。那里极端贫困，算是物质社会的一个极端。

相反地，在国际化社会的另一个极端，人们的物质生活相当富裕，却生活在“精神贫困”和“孤独地狱”中。我指的是那些茧居人士。

我曾经在亚洲和非洲的贫民窟讲过日本茧居族的故事。我解释说：“有些人无法外出，待在自己的房间或自己家里，孤孤单单地生活了很多年。”然后问了一下他们的感想。结果大多数人表示：“那我也想成为茧居族！因为食物会自动出来，对吧？”

无论是在贫民窟，还是少数民族聚居的村落，抑或是难民营，每天都存在事关生存的严重问题。最大的问题是确保安全和食物。在生活于那些地区的人们看来，日本茧居族的生活足以称得上“天堂”了。

不过，生活在贫困的亚洲一隅的人们，不了解真正的孤独以及它的恐怖之处。街头流浪儿童从小就被父母抛弃，一直孤苦伶仃，只能千方百计地谋求生存。他们的那种孤独感也许与日本的茧居族相当吧。

也就是说，在如此富裕的日本社会，不知从何时起，出现了大量茧居族，他们所承受的痛苦与街头流浪儿童的孤独感相比，有过之而无不及。而后者迫不得已，只能选择地球上最糟糕的生存方式……

这是一个多么可怕的时代啊……

从生存困难程度这个意义上讲，反倒是日本的茧居族面临的状况要严峻得多。亚洲贫困地区的人们，不管愿意与否，都掌握了互帮互助着生存下去的方法。但是，如果日本的茧居族得不到社会保障，被弃之不顾的话，就会一辈子在孤独的地狱中苟延残喘。

“如果不采取任何措施，这样下去的话，茧居族最后要么‘饿死’，要么‘自杀’，要么‘酿成事件’，只有这几种结局。”

这是我从组建全国茧居族亲友会的已故的奥山雅久先生那里听到的原话。这句话至今仍然梗在我的内心深处。

仔细想来，我之所以涉足茧居族访问援助活动，除了想深入了解严重的茧居族现状之外，还有一个动机，那就是我希望他们至少不要迎来饿死、自杀或事件之类的结局。

话虽如此，我的援助工作未必算得上进行得很顺利。

从茧居族当事人身上学到的东西和收获

我在开展访问援助工作时，经常要和茧居族当事人分享共同体验。

例如，有的茧居族当事人是某个偶像的粉丝，如果那位偶像开演唱会，他能够出门观看。如果不从事茧居族援助工作，我可能永远没有机会去“早安家族”或“AKB48”的演唱会。不过，去现场一看，没想到挺有意思的。

当我看到观众高涨的热情，多少也感受到了泡沫时期的迪斯科（俱乐部）般的狂热，心情为之舒畅。观众在演唱会上尽情地释放，如果这种场所没了，我感觉也会有麻烦。另外，我本来以为我这个年纪再去看演唱会有些丢人，结果比我年龄还大的观众比比皆是。

我还得以接触了不少最近的动画和漫画，这也是很好的经验。

我认识了一个年轻人，他喜欢一部名叫《少女与战车》的动漫，讲的是少女开着坦克猛烈射击的故事。我们决定一起去圣地巡礼（探访动漫取景地。《少女与战车》的场景原型所在地是茨城县的大洗町）。一开始只是听他讲述的时候，我误以为是那种狂热信从右翼的动漫，产生了警惕之心。但是，当我看完整部动画和剧场版之后，发现它属于昭和年间的热血体育类动漫，和《灌篮高手》以及《足球小将》的风格没有太大差别，相当好看。我还向他请教了很多最近流行的动漫情况。

我和当事人一起旅行的机会很多，我会教给他们很多东西，与此同时，这也是我从他们身上学习新东西的机会。

坚持援助的原因

茧居族当事人在长期闭门不出的过程中，有时候会产生某种人格上的扭曲。换句话说，有时候我们想要努力帮助、支援的人会突然背叛我们，向我们发动攻击。一丁点意见分歧就有可能引发致命的冲突或争斗。

如果援助者认真负责、凭良心办事，当被自己援助的对象背叛时，内心一下子就会受到巨大的伤害。

为了防止这种情况出现，应该在早期阶段建立牢固的信任关系。我非常重视共同经历。和长时间一起旅行的人，通过眼神交流也能沟通。茧居族当事人本来就不擅长和人交流，在他们看来，能够准确地进行眼神交流，可以说是很大的进步。不过，希望各位注意，独断专行地无视对方的意愿、单方面做出的“指令”不算眼神交流。如果能够早点构建信任关系，以后也不会引发太大的问题。

下面的话听上去可能有些冒犯别人，不过我想解释一下自己感觉“赢了”的瞬间。

有些症状危重的当事人，在经历了各种大型医疗机构或援助团体的治疗和支援之后，仍然丝毫不见起色，而在我的援助之下恢复了健康……每当遇到这样的瞬间，我都感到很高兴。当然，归根结底要把当事人的自力更生和恢复健康放在第一位，我的情况和面子都无所谓，这一点我十分清楚。不过，话虽如此，当自己参与的活动取得成效时，会带来莫大的快感和喜悦。

不过，援助茧居族就意味着要和长期茧居族的人生密切相关，和当事人相处的时间比起当初预计的要长得多。考虑到时间方面的问题，我自己很难按照现在的节奏一直从事茧居族援助工作。

我希望出现越来越多的人，以不同的手法和思路实践多样化的茧居族援助活动。这样一来，当事人及其家人的选择就会增多。

我衷心希望这一天早日到来。

代后记

在众多关于茧居族的书籍当中，感谢您选择了本书。粗略算来，我针对茧居家庭的访问援助累计已经超过1万次。接到委托以后，我不只在日本本土活动，还会前往冲绳、泰国、越南等地。然而，其中大约三分之一的案例，可能见不到当事人，感觉像是一直在浪费时间。尽管如此，他们的家人仍然让我继续访问，我想再次对此表示感谢。

茧居是个非常敏感的问题，越是深入了解，越难以写成文章。这次我也只是胡乱写了一通，自觉基本上还没有涉及关键问题，没有写出那些迫近问题本质的过激的（？）[①]故事。不过，作为一介市民，我一直坚持参与针对长期茧居族的援助工作，本书记录了我的一些想法，也算是略有成效吧。

我组织的活动说到底只是个人行为。如果拿教育事业打比方，也就是类似于“家庭教师”的身份。我可以深入了解单个案例，在他们恢复到一定程度之前一直陪伴在身边，但是我没办法同时治愈或面对数万乃至数十万之众的茧居族当事人。这一点让我感到进退两难。

从这个意义上讲，医院或福利机构相当于“学校”，民间的援助团体相当于“补习班”，很遗憾，我无法像他们那样大规模地应对茧居问题。我认为，日本这个国家想要解决茧居问题的话，还是要靠医疗机构、福利机构和援助团体今后进一步提高综合能力。

我在正文中未能提及，精神科医师中垣内正和先生在新潟县长冈市开展援助活动，一直以来给了我很多关照。他的诊所将长期以来致力于茧居族治疗的专业知识和经验，与以地域社会或家庭成员为主体的开放性网络融合在一起，构建的茧居族治疗体系估计在整个日本也是顶尖水平。他们那里将会产生一种救助体制的雏形，向当地社会开放，可以应用于众多茧居族的治疗，非常令人期待。

至于我本人，多年来一直陪伴在相当危重的茧居族当事人身边，亲自见证了他们和她们逐步健康成长的过程，这是一种宝贵的经验。有很多茧居族的真面目和真实想法只有通过这种方式才能获知。有很多东西只有在私下交往中才能发现。接下来我的课题就是如何才能将这种经验逐步反馈到援助工作中。自不必说，今后我也会按照自己的方式，在力所能及的范围内，孜孜不倦地开展援助活动。从这个意义上讲，我能做到的也许只不过是像这部拙作一样，将自己的发现尽可能地总结到书中。

我在正文中也介绍过，关于我每个月在埼玉县朝霞市

---

① 原文如此。作者似乎难以找到一个恰当的词来概括那些未能写出的故事。

举办的集会，目前只在“榉树会”的会刊上宣传过。即使您咨询朝霞市政府，他们也丝毫不知情，请各位注意。我有些胆小，害怕人数太多的话会超出我的能力范围，不过我在考虑今后要不断改善宣传或通知的方式。如果您一定要联系我，可以给我发邮件，我把亲友辅导班上的部分讨论内容制作成了电子书，可以通过Kindle阅读，里面有我的联系方式，我会做出一定的回应。给大家添麻烦了，非常抱歉。

各个地区都有很多优秀的援助者和专家，我建议大家首先去找您当地的人才以及团体咨询。

作者　石川清

2017年1月

No 8

图字：09-2021-591号

图书在版编目(CIP)数据

茧居族援助手记 /(日)石川清著；孙逢明译. —
上海：上海译文出版社，2022.9
(译文纪实)
ISBN 978-7-5327-8976-4

Ⅰ.①茧…　Ⅱ.①石…　②孙…　Ⅲ.①纪实文学-日本-现代　Ⅳ.①I313.55

中国版本图书馆CIP数据核字(2022)第163668号

茧居族援助手记
[日]石川清／著　孙逢明／译
责任编辑／常剑心　装帧设计／邵　旻　观止堂_未氓

上海译文出版社有限公司出版、发行
网址：www.yiwen.com.cn
201101　上海市闵行区号景路159弄B座
启东市人民印刷有限公司印刷

开本890×1240　1/32　印张7.5　插页2　字数104,000
2022年11月第1版　2022年11月第1次印刷
印数：0,001—8,000册

ISBN 978-7-5327-8976-4/I·5571
定价：45.00元